LA RAGAZZA DRAGO

LICIA TROISI

LA RAGAZZA DRAGO

III - LA CLESSIDRA DI ALDIBAH

MONDADORI

A Irene,
che è stata con me in ogni parola

Illustrazioni interne di Mauro Marchesi

www.ragazzi.mondadori.it

Prima edizione maggio 2010
Stampato presso Mondadori Printing S.p.A.
Stabilimento N.S.M., Cles (TN)
Printed in Italy
ISBN 978-88-04-60049-7

Prologo

Era una gelida notte di febbraio. Tirava un vento tagliente, che sferzava la piazza deserta.

Niente luna in cielo, solo una cappa pesante di nuvole basse. I lampioni gettavano una luce funerea sui pietroni della strada. Sulla facciata del Rathaus si disegnavano ombre inquietanti tra i fregi gotici e i doccioni. Marienplatz aveva un aspetto alieno, quella notte.

Karl, fermo in mezzo a quello spazio vuoto, si chiuse il bavero del giaccone con una mano guantata. Era a casa, nella sua città, il posto dove aveva vissuto i tredici anni della sua breve esistenza. Ma Monaco mostrava un volto che non riconosceva.

Lei era lì, di fronte a lui. Alta, snella, bellissima. Nonostante il freddo, portava solo una canottiera bianca di taglio maschile che lasciava le spalle, tornite e appena muscolose, nude sotto le raffiche del vento. Pantaloni di pelle nera le fasciavano le gambe lunghe e affusolate, infilandosi sotto un paio di grossi anfibi alle ginocchia. I capelli erano tagliati in un caschetto biondo, e il volto era ingentilito da una spruzzata di efelidi. Sarebbe potuta sembrare un'innocua ragazza un po' punk, ma l'espressione sul suo volto, e soprattutto le fiamme nere che le avvolgevano la mano destra, dicevano tutt'altro.

Karl chiuse gli occhi appena un istante, poi lo sentì. Aldibah, il drago che albergava in lui. Era una presenza che aveva imparato a percepire fin da piccolissimo, da quando aveva memoria.

Grandi ali azzurre gli comparvero sulle spalle, gonfiandosi nel vento.

Quando alzò le palpebre, i suoi occhi non erano più dell'usuale azzurro slavato: erano gialli, e la pupilla era una fessura sottile come quella dei rettili.

«Dammi il frutto» disse con voce ferma, cercando di simulare una sicurezza che non aveva.

Nida sorrise sarcastica. La sua mano sinistra era stretta sui cordoni di una borsa di velluto che conteneva qualcosa di sferico. Karl aveva avuto modo di intravederlo per un istante, prima che lei lo infilasse là dentro. Era un globo azzurro, in cui si avvolgevano vortici di tutte le sfumature del blu. Il potere benefico che ne aveva sentito promanare l'aveva riscaldato, gli aveva dato forza. Ma ora lo avvertiva in modo assai più debole. Quella sacca doveva imprigionarne i poteri.

«Certo, è qui per te. Perché non vieni a prenderlo?» rispose la ragazza con uno sguardo di sfida.

Karl spiccò il volo, e nello stesso istante il suo braccio destro si trasformò nell'artiglio di un drago blu. Si gettò su Nida, ma lei si era già spostata quando lui toccò il suolo. Adesso gli era alle spalle, la percepiva. Si girò di scatto, di nuovo in posizione d'attacco.

Non le diede il tempo di reagire: dal suo artiglio guizzò un raggio azzurro che fendette l'aria e si avvolse intorno alla colonna che troneggiava al centro della piazza.

La statua dorata che spiccava alla sua sommità parve avere un brivido, prima che il basamento si congelasse all'istante.

Ma Nida aveva schivato il colpo con agilità, e ora guardava Karl dalla groppa di una gargolla con le fauci spalancate, che sembrava quasi deriderlo.

«Non sei alla mia altezza» commentò con una risata sprezzante.

«Questo lo credi tu» disse Karl tra i denti, e senza esitare lanciò una raffica di raggi congelanti contro la flessuosa figura della ragazza, che li scansava a uno a uno con la grazia di una ballerina. Ma l'ultimo, il più forte, andò a segno, e i suoi piedi furono avvolti da uno spesso strato di ghiaccio che la bloccò al suolo, impedendole di fuggire. Karl le fu addosso in un istante e con un colpo di artigli la costrinse a mollare la presa sulla borsa, che cadde a terra tintinnando e rotolando

per un paio di metri. Il ragazzino fece per gettarsi sul frutto, ma Nida riuscì ad allungare il busto verso di lui e lo immobilizzò, stringendogli le braccia intorno ai fianchi.

Il sorriso feroce che le si dipinse sul volto fu l'ultima cosa che Karl vide prima di scorgere le reali sembianze di Nida: in un guizzo, il suo viso delicato si deformò nel muso di un rettile, e le sue labbra morbide si squarciarono in un ghigno demoniaco, aperto su una chiostra di denti affilati come pugnali. La pelle divenne fredda e squamosa e avvampò all'istante in un rogo di fiamme nere che li avvolse entrambi.

Non lasciarti impressionare dal suo aspetto, sta solo cercando di spaventarti!

Karl si concentrò sulle parole di Aldibah e trovò la forza per reagire: con gli artigli arpionò un braccio all'avversaria, riuscendo a riguadagnare la libertà e a portarsi a distanza di sicurezza. Ma l'attacco non era stato privo di conseguenze. Sentiva ogni fibra del corpo urlare di dolore, e il fiato mancargli.

Resisti, puoi farcela. Non sei solo...

La voce di Aldibah era più flebile, adesso.

Udì Nida avanzare piano, e i suoi passi felpati sulle pietre della piazza farsi sempre più vicini. Ma non riusciva ad alzarsi. Le ustioni provocate dalle fiamme gli dolevano da impazzire. Quando riaprì gli occhi, vide che la pelle azzurra del proprio artiglio era slabbrata e macchiata di nero. Infine i passi si fermarono, e Karl sollevò lo sguardo. Nida era sopra di lui. Sorrideva. Lo stesso sorriso diabolico che aveva avuto fin dall'inizio del loro scontro. Karl tentò un nuovo attacco, ma i suoi artigli si piantarono nel selciato.

«Patetico» sibilò lei.

Poi un dolore sordo esplose sotto la mascella di Karl, riempiendogli gli occhi di scintille argentate. Nida gli aveva assestato un calcio potentissimo. Cadde supino, e il gelo della pietra sotto la schiena lo fece rabbrividire.

«È finita, moccioso» esclamò Nida trionfante, posandogli un piede sul petto.

Poi si fece seria e chiuse gli occhi. Karl sentì una vibrazione sorda sotto la schiena. Era una specie di terremoto, qualcosa che vibrava nella terra, come se un immenso animale, sotto la piazza, stesse tornando in vita e cercasse di scrollarsi di dosso pietre e edifici.

Karl spostò istintivamente lo sguardo al Rathaus e vide l'inimmaginabile: sul lato destro della facciata, in basso, c'era un piccolo drago di piombo. Lo conosceva bene: Effi glielo indicava sempre, quando passavano da quelle parti. "I draghi hanno lasciato tracce di sé ovunque, come vedi. Gli uomini non li hanno dimenticati, e li raffigurano nelle opere d'arte."

Karl era affascinato da quel drago, e lo scrutava sempre con interesse quando passeggiava davanti al municipio. Qualche volta si era immaginato che di notte prendesse vita e se ne andasse in giro per la piazza, ma non era nient'altro che una stupida fantasia da ragazzino. Eppure ora quel drago si muoveva per davvero. Karl vide la sua coda agitarsi, il suo muso piegarsi ad annusare l'aria, e infine il suo sguardo posarsi su di lui.

I suoi occhi non avevano più nulla di rassicurante, e lo scrutavano maligni.

Scese rapido la facciata, mentre altre creature si animavano sul palazzo. I doccioni si divincolavano dalla pietra e stiracchiavano le membra, come scrollandosi di dosso il torpore dei secoli, e pian piano scendevano a terra, aggrappandosi come ragni a guglie e pinnacoli. L'intero Rathaus era un formicolare osceno di figure che calavano verso il basso inondando la piazza come insetti.

Karl cercò di staccarsi da terra con le poche forze che gli restavano, ma il piede di Nida non si smuoveva di un millimetro. Aveva il corpo avvolto da fiamme nerastre, che ora lambivano anche il suo petto, stringendolo in una morsa gelida.

Karl urlò, ma non c'era nessuno che potesse raccogliere la sua implorazione d'aiuto. Non un passante, a quell'ora della notte e con quel freddo. Solo il grigio spietato di un cielo senza luna, basso sopra di lui.

Nida aprì di colpo gli occhi e sorrise vittoriosa.

«Addio!» gridò, e spiccò un salto impossibile per un normale essere umano.

Karl cercò di sollevarsi, ma quell'ultimo attacco l'aveva

privato di ogni forza. Prese a strisciare sulla pietra, mentre le ali sulla sua schiena si ritiravano e il suo braccio tornava quello paffuto e roseo del ragazzino che era. Fece appena in tempo a vedere Nida che raccoglieva la borsa da terra e si dileguava rapida verso Kaufingerstrasse.

Poi l'esercito di gargolle fu su di lui, e ogni cosa si spense nel gelo e nel silenzio.

1
La Gemma si spegne

Avvenne senza nessun preavviso. Un forte senso di vertigine, un'oppressione al petto, e la terra sembrò crollare.

Sofia era in camera sua, e pensò a un terremoto.

Lidja invece non ebbe dubbi: era davanti alla Gemma, seduta a terra con le gambe incrociate e gli occhi chiusi per trarre il massimo beneficio dal suo potere. Spalancò gli occhi all'improvviso, e vide.

La Gemma dell'Albero del Mondo si stava spegnendo.

Si affievolì pian piano, fino a oscurarsi del tutto.

Adesso non era che un semplice bocciolo, di quelli che in primavera si potevano contare a centinaia sugli alberi del bosco intorno alla villa. La stanza del *dungeon* rimase illuminata solo dal chiarore delle fiaccole appese al muro, e tutto l'ambiente assunse un'aria spettrale.

Durò almeno un minuto, un minuto durante il quale Lidja si sentì completamente persa. Il panico montò e la immobilizzò dov'era, impedendole di fare la cosa più ovvia: salire nella villa e dare l'allarme.

Poi, pian piano, la Gemma riprese a pulsare, prima timidamente, poi con più vigore. La sua luce tornò a rischiarare la stanza, ma non era più brillante come prima. Sembrava aver perso parte del suo fulgore, seppure in modo impercettibile. Come se l'incantesimo si fosse spezzato.

Lidja scattò come una molla, e nello stesso istante Sofia prese coraggio e uscì dalla sua stanza per precipitarsi al piano di sotto.

Si incontrarono ai piedi dell'albero che troneggiava al centro della casa.

«L'hai sentito anche tu?» chiese Sofia con il cuore in gola.

«La Gemma si è spenta!» gridò Lidja, sconvolta.

Sofia si fece bianca in viso.

La Gemma.

Spenta.

Ci misero un secondo a urlare all'unisono: «Professore!» e ad andare a cercare il professor Schlafen.

Lo trovarono nella serra dietro la villa, nonostante l'ora tarda. Ultimamente aveva scoperto una passione per le piante tropicali – cactus e orchidee soprattutto – a cui dedicava gran parte del suo tempo libero.

Lo sorpresero mentre trapiantava una splendida pianta dai fiori bianchi picchiettati di viola: operazione che si poteva svolgere solo di notte, per quella specie tanto delicata quanto rara.

«Prof, è successa una cosa terribile!» esordì Sofia.

Lui si rabbuiò in volto. «Mi sembrava di aver percepito qualcosa di strano…»

Si ritrovarono nel *dungeon*, davanti alla Gemma. Il professore si accarezzava pensieroso la barba, sistemandosi continuamente gli occhiali sul naso, un gesto che faceva sempre quando era nervoso o preoccupato.

«Anch'io ho provato un forte giramento di testa, la sensazione che stesse succedendo qualcosa di terribile, ma pensavo fosse solo un'impressione… qualcosa cui non dare peso» confessò esaminando la Gemma con gravità.

Lidja si tormentava le mani. «Cosa pensi che stia succedendo?»

Il professore si prese del tempo per rispondere.

«Non riesco a capire cosa possa aver causato l'affievolirsi della Gemma.»

«Potremmo essere sotto attacco?» gli chiese Sofia.

«Di certo la barriera si sarà indebolita quando la Gemma ha dato segni di cedimento. Comunque, resterò qui a controllare personalmente che tutto sia a posto» rispose lui con un sospiro. «Ragazze, non ho idea di cosa stia capitando. Potrebbe essere un trucco di Nidhoggr, ma vorrebbe dire che per qualche ragione ha aumentato enormemente i suoi poteri. La Gemma è una reliquia potentissima, ed è ben protetta qui sotto. Se Nidhoggr riesce a intaccarne la forza a distanza e a penetrare perfino dentro le mura di questa casa, be'… significa che la situazione è molto grave.»

Lidja e Sofia percepirono un brivido lungo la schiena.

«Ma la Gemma è anche profondamente legata ai frutti» proseguì il professore «e da ciascuno trae linfa vitale. Forse è successo qualcosa a uno di essi… o a un Draconiano.»

Sofia rimase pietrificata. Fabio. Dall'ultima volta che l'aveva visto, nessuno di loro aveva più avuto sue notizie. Ma non riusciva a dimenticare l'immagine di lui che la salutava da un marciapiede, a Benevento, mentre lei partiva verso Castel Gandolfo nella macchina del professore. Non l'aveva scordato neppure per un istante. Era un pensiero fisso ai margini della sua mente, un ricordo che non l'abbandonava mai e l'accompagnava come una dolce malinconia durante le sue giornate. A volte lo sognava. Si chiedeva dove fosse e cosa stesse facendo, e se si sarebbe mai unito a loro. In fondo condividevano lo stesso destino: ogni Draconiano sarebbe dovuto stare con i suoi simili.

Improvvisamente realizzò che poteva essergli capitato qualcosa, un pensiero che le strinse lo stomaco.

«In ogni caso, ora non ha senso fare congetture» la riscosse il professore. «È notte fonda, e non abbiamo mezzi per indagare. Dobbiamo rimandare a domattina. Andrò a rafforzare le barriere intorno alla villa, e farò la guardia fino all'alba. Domani cercheremo di venirne a capo.»

Ma né Lidja né Sofia sembravano particolarmente convinte.

«E noi? Noi che facciamo?» chiese Sofia con la voce che tremava. Da quando aveva iniziato a lavorare con il professore e Lidja, la Gemma aveva sempre brillato di quella sua luce calda e confortante. Quando erano stanche e sfiduciate, potevano contare sul suo potere benefico. Ora che quel potere aveva vacillato, Sofia si sentiva infinitamente triste.

Il professore le guardò con un sorriso rassicurante. «Andate a letto e cercate di dormire. Domattina dovrete essere fresche e riposate per affrontare questo problema. State tranquille, stanotte ci penserò io.»

Lidja e Sofia si avviarono ciascuna verso la propria camera.

Sofia ultimamente vi trascorreva molto tempo: l'esame da privatista la terrorizzava, e per questo passava la maggior parte della giornata, e anche della notte, a studiare.

Lidja, al ritorno da Benevento, si era vista assegnare una stanza nella soffitta che fino a quel momento era rimasta vuota. Thomas l'aveva tirata a lucido, e la ragazza aveva provveduto ad abbellirla con un poster del Cirque du Soleil, alcune foto dei compagni con cui aveva lavorato al suo amato circo e gigantografie dei Tokio Hotel. Era diventata una patita del gruppo. Sofia stentava a capire. La loro musica non la entusiasmava affatto, e quei tipi strani e vestiti di nero, con quel cantante dai capelli perennemente piastrati, le facevano anche un po' paura.

«È che non vai oltre l'apparenza! Loro cantano esattamente come io mi sento, capisci? Se sapessi fare musica, suonerei come loro. E poi Bill è carino da morire, non puoi negarlo» ribatteva Lidja con occhi sognanti. Sofia guardava i poster e continuava a non capire.

Si salutarono davanti alla stanza di Sofia. «Ma tu hai sonno?» chiese lei prima di chiudere la porta.

«Per niente» rispose Lidja. «Non hai idea di come mi sono sentita quando ho visto la Gemma spegnersi.

Un'esperienza che spero proprio di non ripetere. Ma il prof ha ragione: adesso non possiamo fare nulla.»

Sofia guardò a terra. Avrebbe voluto farle la domanda che le urgeva sulle labbra, ma si vergognava: in un momento come quello riusciva a pensare solo a Fabio, nonostante si rendesse conto che, anche se gli fosse successo qualcosa, le priorità erano la Gemma e la minaccia di Nidhoggr.

Lidja esibì un sorriso tirato. «Avanti, cerchiamo di dormire: sono quasi le due, e io stavo già sbadigliando prima di quel che è successo.»

Sofia annuì senza troppa convinzione e si tirò dietro la porta. Appena fu sola, nel buio della sua stanza, appoggiò la schiena al muro e sospirò. Le bastava chiudere gli occhi per rivederlo, fermo sul marciapiede, stretto nella camicia a quadri che pendeva stropicciata sul suo corpo magro. E il suo sorriso, quel sorriso che aveva visto fiorirgli sulle labbra per la prima volta da quando l'aveva incontrato.

"Fa' che stia bene" pensò intensamente. "Fa' che stia bene."

Come previsto, Sofia non chiuse occhio per tutta la notte. Pensava ai cancelli della villa, quando erano stati attaccati da Ratatoskr; ricordava bene la sua metamorfosi non appena li aveva toccati, come il suo vero aspetto si fosse rivelato. Pensava alla Gemma, nel *dungeon*, e si domandava se stesse ancora brillando o non si fosse già spenta. E pensava a Fabio, a quel momento di comunione assoluta che avevano vissuto un mese prima, quando lei era riuscita a liberarlo dagli innesti che lo rendevano prigioniero e gli aveva restituito la libertà. Le sembrava di sentire ancora battere il suo cuore sotto la mano, e quel ricordo le riempiva la pancia di un calore dolce e soffuso.

La mattina dopo, quando scese per la colazione, aveva un aspetto tremendo. Si era vista nello specchio del bagno: i capelli rossi arruffati come cespugli, due occhiaie enormi e la faccia di chi ha passato la notte a girarsi e rigirarsi nel letto. Non che Lidja avesse un aspetto migliore: era evidente che anche lei non aveva dormito un minuto. Solo il professore sembrava riposato, e né Lidja né Sofia riuscivano a spiegarselo. Aveva trascorso la notte nel *dungeon* a fare la guardia, eppure le salutò con un buongiorno squillante mentre beveva il suo latte caldo e sbocconcellava un *Brezel*. A volte Thomas preparava quella tipica specialità tedesca, e la fragranza di pane appena sfornato si diffondeva per tutta la casa.

«Allora?» chiese Lidja prima ancora di cominciare a bere il suo latte e cacao.

«Non ho notato niente di anomalo» rispose il professore. «Le barriere hanno retto perfettamente e la Gemma splende come sempre. Non è cambiata di una sfumatura per tutta la notte.»

Il mistero, dunque, rimaneva.

«E allora? Cosa può essere stato?» domandò Sofia pulendosi uno sbaffo di latte dal labbro con il dorso della mano.

«Dobbiamo indagare» fu il commento laconico del professore, mentre consultava distrattamente le prime pagine dei quotidiani on line al computer portatile. Ultimamente lo faceva spesso, e si soffermava anche sulle principali testate tedesche, consuetudine che teneva vivo il legame con la sua terra madre.

Sofia si mise a intingere il proprio *Brezel* nel latte, tesa e preoccupata.

Fu proprio mentre un pezzetto si arrendeva e scivolava placido e molliccio verso il fondo della tazza che il professore ebbe un sussulto. In quel momento entrò Thomas, e il professore gli disse qualcosa in tedesco. Lui rispose e si avvicinò allo schermo del computer, non prima di aver accennato un inchino a Lidja e Sofia. Ci teneva sempre all'eleganza formale, da perfetto maggiordomo. Sia lui che il professore erano tedeschi, e a volte Sofia li aveva sorpresi a parlare in quella loro lingua che alle sue orecchie appariva così cacofonica e gutturale.

Thomas aggrottava sempre più le sopracciglia man mano che proseguiva la lettura.

«Che dice?» fece Lidja sporgendosi per leggere anche lei. Ci provò, ma le parole erano incomprensibili.

«È scritto in tedesco» spiegò il professore senza alzare lo sguardo.

«E perché sembrate così allarmati?» insisté Lidja.

Il professore lesse traducendo al volo.

«Stamattina all'alba, a Monaco di Baviera, è stato rinvenuto il corpo di un giovane ragazzo non ancora identificato, la cui morte desta molte perplessità. È accaduto in pieno centro, a Marienplatz, la piazza principale della città. Dicono che non è stato possibile risalire alle cause del decesso, che verranno studiate dall'autopsia attualmente in corso. Sul corpo sono state però trovate tracce di bruciature anomale. Il medico legale che ha analizzato il cadavere ha asserito di non aver mai visto nulla di simile e di non riuscire a determinare quale sostanza possa aver causato tali ferite.» Rimase un attimo soprappensiero, poi continuò: «Ha spiegato che i tessuti organici sembrano essere stati danneggiati da un calore particolarmente intenso, che tuttavia non ha intaccato gli abiti del ragazzo. Inoltre la pelle della vittima presenta intorno alle ustioni una colorazione nera che non ha mai avuto modo di osservare in alcuna lesione.»

Solo a quel punto Schlafen alzò gli occhi e guardò Sofia e Lidja.

Avevano avuto tutti lo stesso pensiero. Fiamme. Aloni neri. Nida o Ratatoskr, i due seguaci di Nidhoggr, le sue promanazioni terrene. Loro usavano fiamme nere, ed erano di certo in grado di produrre ferite simili a quelle che presentava quell'anonimo ragazzo tedesco.

«Ma che ragione avrebbe avuto Nidhoggr per aggredire quel ragazzino?» disse Lidja, facendosi interprete del pensiero comune.

«Non ricordi Mattia, l'Assoggettato con cui abbiamo dovuto batterci quando cercavamo il primo frutto? Magari hanno tentato di assoggettare qualcuno che si è ribellato» osservò Sofia. Ricordava bene Mattia. Era il primo nemico contro cui aveva combattuto. A volte si chiedeva ancora che fine avesse fatto, se stesse bene.

«Se l'hanno trovato stamattina, è possibile che sia morto ieri notte» osservò il professor Schlafen.

Una luce si accese negli occhi di Lidja e Sofia.

«Ieri notte...»

«Quando la Gemma si è offuscata...»

«E abbiamo percepito quella sensazione strana.»

Il professore annuì. «Certo, non abbiamo tutti gli elementi per poter trarre delle conclusioni, e il ragazzino potrebbe anche essere morto per altre cause...»

«Ma non può essere un caso che presenti ferite così simili a quelle prodotte dalle fiamme di Nida e Ratatoskr» osservò Lidja.

«Però se quel che è successo ieri alla Gemma è collegato al destino di questo tizio... chi diavolo è?»

La risposta aleggiò su di loro.

Il professore chiuse il portatile. «È quello che dobbiamo scoprire» concluse. «È tassativo sapere chi è quel ragazzino. E non c'è modo migliore di farlo che andare direttamente sul luogo del delitto.»

2
Monaco

Sofia affondò le unghie nei braccioli della poltroncina. I motori ruggirono al massimo della potenza e il busto premette con violenza contro lo schienale, mentre l'asfalto della pista e le costruzioni dell'aeroporto sfilavano oltre il finestrino.

Per lunghi, interminabili istanti le parve che l'aereo non ce l'avrebbe mai fatta ad alzarsi. Filava sulla pista traballando, le ali che ondeggiavano pericolosamente. Poi una sensazione di vuoto allo stomaco, e la terra cominciò ad allontanarsi. Davanti si aprì il verde pallido del mare di Fiumicino.

Accanto a lei, il professor Schlafen continuava a leggere imperturbabile il giornale.

«Ecco qui un articolo che riguarda quel ragazzo» esclamò. «L'hanno identificato: si chiama Karl Lehmann.»

Ma Sofia era così tesa che non gli rispose.

«Visto?» cercò di rassicurarla lui. «Volare non è poi così male, e guarda che bel panorama!»

Sofia, bianca come un cencio e sudata all'inverosimile, si limitò ad annuire nervosa, spremendo un sorriso che di certo doveva esserle uscito fuori come un ghigno.

Va bene che aveva superato le vertigini, va bene che era riuscita a controllare i tremori quando si affacciava a un balcone, ma stare per un'ora e passa a diecimila metri di altezza dentro quella specie di tubetto di dentifricio era di sicuro più di quanto potesse sopportare.

«Come va il volo, Sofia?» le chiese Lidja.

Lei borbottò qualcosa e si girò dall'altra parte, imbarazzata. Un Draconiano, una magnifica creatura nata per volare, che aveva paura dell'aereo... Sarebbe stato come se Batman dormisse con la luce accesa!

«È normale che tu sia preoccupata» le disse l'amica sorridendo solidale. «È la prima volta...»

«È la prima anche per te, ma mi sembri piuttosto tranquilla.»

«Che vuol dire? Ognuno è diverso. Ho passato metà della mia vita appesa a un trapezio, come potrebbe farmi paura volare? Ma tu sei fin troppo brava.»

Sofia aveva stretto un rapporto molto forte con Lidja, e aveva imparato a non cedere a quel sentimento di invidia che si affacciava ogni volta che si confrontava con lei, sempre perfetta in ogni situazione. Lidja, dal canto suo, amava la tenera insicurezza di Sofia, e sapeva che nelle situazioni di emergenza era capace di tirare fuori risorse che un altro Draconiano non avrebbe nemmeno potuto sognare.

All'inizio Sofia era stata entusiasta del viaggio. A volte il professore le parlava di Monaco, la sua città natale, e lei ne aveva tratto l'impressione di un posto fantastico, che sapeva di buono e in cui d'inverno tutto era ricoperto di neve. E poi era eccitata all'idea di varcare per la prima volta i confini dell'Italia: a dire il vero, non aveva mai viaggiato molto neanche nel suo paese. Se tutta quella storia dei Draconiani aveva avuto un risvolto positivo, era proprio il fatto di averle aperto le porte di un mondo più grande, che aveva appena iniziato a esplorare.

La preoccupazione era iniziata quando aveva visto il professore rientrare a casa con i biglietti dell'aereo. «Vedrai, volare è un'esperienza meravigliosa» le aveva detto eccitato.

Ma lei non ne era affatto convinta, ed era arrivata all'aeroporto di Fiumicino a dir poco terrorizzata. Quando poi era stato annunciato un ritardo per imprecisati motivi tecnici, si era sentita mancare.

Si era sforzata di sorridere al professore e a Lidja,

ma nella sua testa vedeva già l'aereo mezzo smontato sulla pista. Immaginava la conversazione tra il pilota e il meccanico.

"C'è un problema all'ala."

"Ma può volare?"

"Forse, con un po' di fortuna..."

"E allora dov'è il problema? Si parte!"

Per altro, quando finalmente avevano avuto la gentilezza di imbarcarli, Sofia si era accorta che l'aereo era davvero piccolo. Sulla pista finiva per scomparire tra una serie di giganti colorati che rollavano in tutte le direzioni.

«Ma è carinissimo!» aveva esclamato Lidja mentre scendeva dalla navetta.

Sofia aveva alzato gli occhi al cielo e pregato Thuban, Dio, o chi per esso, di mandargliela buona.

Arrivarono in vista di Monaco in tarda mattinata, sotto un cielo grigio e uniforme. Prima di toccare terra sorvolarono la città, e il professore sembrava impazzito davanti al panorama che si apriva sotto i loro occhi.

«Guarda, quella è Marienplatz! E la vedi quell'imponente guglia gotica? È il Neues Rathaus, il municipio nuovo. E quelle due torri? Sono i campanili della Frauenkirche, antico simbolo della città» e via così, indicando chiese e monumenti a una velocità tale che Sofia faticava a seguire il suo dito sul finestrino.

Quando atterrarono, tirò un sospiro di sollievo. Si sentiva braccia e gambe molli, e le orecchie ovattate. Sicuramente si sarebbe stancata meno ad andarci a piedi, fin lì.

L'aria era fredda, molto più che a Roma, e il cielo una cappa opprimente che non aveva mai visto nella sua città. Là, nelle giornate nuvolose, il cielo era un patchwork di tutte le gradazioni dell'azzurro e del grigio. Qui invece sembrava che qualcuno avesse passato una mano di intonaco, cancellando ogni colore. Anche l'odore era insolito, un miscuglio indefinibile che non aveva mai sentito, ma che le fece capire immediatamente di essere lontana miglia e miglia da casa.

Il professore inspirò a pieni polmoni, un sorriso nostalgico sul viso. «Odore di casa...» mormorò.

«Da quanto mancavi?» chiese Lidja.

«Sei anni. Quando ho capito di essere un Custode, ho abbandonato la mia terra natale per girare il mondo e trovare voi e i frutti. La nostra natura e la nostra missione richiedono sempre dei sacrifici.»

Mentre si incamminavano verso i taxi, Sofia si strinse nel cappotto. Sembrava di essere precipitati direttamente dalla primavera all'inverno.

Dal finestrino, ebbe modo di dare uno sguardo alla campagna bavarese. Ci volle quasi un'ora per arrivare ai primi edifici di Monaco, evidentemente l'aeroporto era piuttosto lontano dal centro abitato. Tutto le parve diverso dal suo mondo. I cartelli stradali, pieni di scritte lunghissime e incomprensibili, le targhe delle auto, persino la forma dei palazzi, con le finestre alte e austere. E poi i nomi delle strade, scritti in caratteri gotici su cartelli blu. Le sembrava impossibile essere *davvero* così lontana da casa, e le tante differenze tra la sua città e quel posto le davano la dimensione di quanto la Terra potesse essere un luogo grande e insidioso.

Il taxi si fermò davanti a una costruzione bianca dalla forma squadrata. L'insegna diceva Hostel qualcosa. Il professore pagò la corsa, mentre Sofia si guardava intorno. Uno scampanellio, e vide passare un tram azzurro e panna che catturò la sua attenzione per qualche istante.

«Sofia?» la riscosse Lidja.

Sofia agguantò a due mani la valigia e arrancò verso l'ingresso dell'ostello.

«Che te ne pare?» le chiese l'amica, mentre il professor Schlafen espletava le formalità con un ragazzo carino e dall'aria simpatica seduto dietro un bancone.

«Di cosa?»

«Della città. La stai consumando con gli occhi!»

«Non lo so… mi fa uno strano effetto stare qua… è tutto così… diverso.»

Lidja sorrise. «Per questo è eccitante, no?»

Sofia si sentì più tranquilla quando entrarono nella camera che era stata loro assegnata: era ampia e graziosa, con tre letti singoli in legno chiaro, un bel bagno lindo e una grossa finestra che dava sulla strada, su cui i tram passavano in continuazione.

«Ti piacciono i tram?» chiese il professore a Sofia, affacciata alla finestra.

Lei si riscosse. «Mi incuriosiscono. Ne passano così tanti in questa città!»

«Possiamo prenderne uno per andare al funerale. Girare in tram è il modo migliore per godersi la città le prime volte che si viene in visita.»

Già. Il funerale. Perché era quella la ragione per cui erano a Monaco. Cercare di capire cosa fosse successo a quel ragazzino. E andare al suo funerale era un buon punto di partenza.

Pranzarono in una specie di pub dove servivano specialità del luogo e ogni varietà di birra.

Il professore era contento come un bambino. Attaccava bottone con chiunque, dallo steward dell'ostello ai camerieri, impegnandosi in lunghe conversazioni in tedesco. Era chiaro che la sua terra gli era mancata molto, e in qualche modo cercava di rifarsi del tempo perduto.

«Provate le *Weisswürst*, le salsicce tipiche di Monaco! Con i crauti e uno *Knödel* di patate sono da leccarsi i baffi» suggerì mentre gli veniva servito un boccale enorme di birra chiara.

«La bevi tutta?» chiese Sofia sconcertata.

«Quando vivevo qui, bevevo più birra che acqua. Siamo abituati così» rispose lui scuotendo le spalle. «E poi questo è solo mezzo litro, poco per i nostri standard! Ma è meglio riabituarsi piano piano.»

Sofia accettò il consiglio del professore, ma le ci volle un po' di coraggio per affrontare l'odore intenso dei crauti e dare il primo assaggio a quei salsicciotti bianchicci immersi nell'acqua. I timori furono però dissipati quasi subito. Certo, erano sapori cui non era abituata, ma quella roba le piaceva, e il *Brezel* che consumò tra un boccone e l'altro era squisito.

Il locale era molto caratteristico: banconi di legno, posate infilate in boccali di coccio, tutto aveva l'aspetto di un rifugio di montagna d'altri tempi.

«In fin dei conti siamo un po' montanari, noi bavaresi» scherzò il professore quasi leggendole nel pensiero.

Finalmente Sofia iniziava a sentirsi a proprio agio.

Il viaggio in tram fu piacevolissimo. Il professore aveva

ragione. Quello che presero aveva finestrini enormi, e le due ragazze ci si piazzarono davanti, mani e faccia incollate al vetro. La città scorreva piano, in un alternarsi di quartieri eleganti, strade ordinate, lunghi filari di alberi spogli e palazzi austeri.

Monaco a Sofia appariva, come dire… *seria*. Ma di una serietà raffinata e composta, che infondeva un senso di pacatezza. La gente parlava a bassa voce e camminava tranquilla per le strade, le macchine procedevano disciplinate. Nulla a che fare con il senso di caos che le trasmetteva Roma. Incrociò lo sguardo di una signora appena salita sul tram, che le sorrise. Ricambiò timida, distogliendo però subito gli occhi.

Non ci volle molto per arrivare al cimitero. Si presentò loro come una specie di mausoleo tondo, con qualcosa che a Sofia ricordava il Pantheon. La ragazza si sollevò il bavero della giacca. Faceva freddo, ma non si trattava solo di quello. Era stata solo una volta in un cimitero, quello del Verano, a Roma. Quella teoria di piccoli loculi impilati in grossi fabbricati di cemento, ciascuno con la sua funerea lucina, le aveva messo addosso un senso di angoscia e oppressione che aveva faticato a scacciare.

Sentì il braccio di Lidja che le si avvolgeva intorno alle spalle. «Brutti ricordi?»

Sofia scosse la testa. «Per la verità sono stata solo una

volta in un cimitero, e di sfuggita. Non ho mai avuto nessun parente da visitare» commentò abbassando lo sguardo, che si velò di malinconia al ricordo degli anni passati all'orfanotrofio. «E tu?»

Lidja si passò una mano tra i lunghi capelli neri e si lasciò scendere una ciocca sul viso, come a proteggere l'intimità di un pensiero. «Mia nonna. Il suo funerale è uno dei ricordi più vividi che ho. Riposa in un piccolo cimitero di montagna, eravamo da quelle parti con il circo quando è successo. Mi piace pensare che è contenta lassù, a guardare il panorama dei monti e ad ascoltare la neve che scende d'inverno.»

Sofia le strinse d'istinto la mano, e Lidja le sorrise con dolcezza. Poi entrambe seguirono il professore oltre il cancello.

Era come avevano visto nei film: vialetti ordinati tra piante e fiori, piccole croci di metallo disposte in fila, piantate in un prato verdissimo e molto curato, ciascuna con un cartello in ferro battuto con su scritto il nome del defunto e la data di nascita e di morte. Di tanto in tanto, qualche tomba più imponente interrompeva la monotonia di quelle file regolari: costruzioni monumentali sovrastate da bellissimi angeli con le ali spiegate, rupi in pietra finemente decorate, ombreggiate dai rami degli alberi.

Non era esattamente un posto allegro, ma non era nemmeno terribile come Sofia aveva immaginato. Spirava un'aria di pace lì dentro, lontana dal senso di affollamento che le avevano comunicato i loculi del Verano: i "fornetti", come li chiamavano i romani.

Trovare il funerale non fu così facile. Praticamente non c'era nessuno, tranne un prete dall'aria compita e una signora sulla quarantina, vestita di nero e stretta in un elegante cappotto. C'erano una piccola fossa, la bara e nient'altro. Sofia avvertì un forte senso d'angoscia. Karl Lehmann era morto a tredici anni, e presumibilmente la sua breve presenza sulla Terra doveva essere passata quasi del tutto inosservata. Non aveva fatto in tempo a farsi amici, non aveva evidentemente alcun affetto. Proprio come lei e Lidja. Chi sarebbe mai venuto al suo funerale? Erano quasi due anni che non vedeva più i suoi compagni di orfanotrofio, e la ricerca dei frutti aveva assorbito tutto il suo tempo libero, chiudendola nella villa a Castel Gandolfo o costringendola a girare l'Italia, sulle tracce dei frutti. Non c'era stato spazio per amici che non fossero Lidja o il professore. Non aveva legami con il mondo, e sebbene anche da lei dipendesse il destino della Terra e dell'umanità, stava passando nella vita lieve come una foglia d'autunno. Per la prima volta Sofia pensò che Karl fosse davvero un Draconiano.

Riconosceva la solitudine della sua esistenza, percepiva nella tristezza della sua fine un destino comune, che già una volta anche lei aveva sfiorato.

Il prete disse qualcosa che lei non fu ovviamente in grado di capire. Il professore rispose a un paio di invocazioni, mentre lei si limitò a guardare l'unico spettatore di quella triste cerimonia: la donna in nero.

Era alta e magra, appena truccata, fatta eccezione per il rossetto scarlatto steso sulle labbra contratte, come di chi sta trattenendo le lacrime. Cercava di mantenere un contegno, ma era evidentemente distrutta dal dolore. I capelli biondi erano raccolti in un'ordinatissima treccia che spuntava da sotto un basco di lana nera. Ogni tanto il suo petto si sollevava appena in un singhiozzo. Chi era? La madre di Karl? Di certo rappresentava il punto di partenza della loro ricerca: non avevano altri cui chiedere informazioni sul conto di quel ragazzo.

La cassa pian piano venne calata giù, mentre una pioggerella fine e gelida cominciò a bagnare il prato.

La donna in nero gettò una rosa bianca sulla bara, poi mandò un piccolo bacio all'indirizzo della fossa. Attese che la buca fosse coperta del tutto, e solo allora si decise ad andare.

Il professore aprì l'ombrello, poi guardò Lidja e Sofia. «Aspettatemi qui» disse, e si avviò verso la donna.

Le due ragazze lo videro parlottare con lei, coprirla premuroso con il proprio ombrello e toccarle lievemente un braccio con fare fraterno.

«Pensi che fosse uno di noi?» chiese Sofia a Lidja.

«A giudicare dalla folla del funerale… è possibile.»

«Se fosse così, per noi sarebbe la fine…»

«Penso che lo sapremo a breve» disse Lidja, indicando il professore e la donna bionda che avanzavano verso di loro.

«Andiamo a fare due chiacchiere al riparo da questa pioggia» suggerì il professor Schlafen mentre passava loro accanto, incamminandosi verso l'uscita.

Sofia e Lidja lo seguirono.

3
La situazione precipita

Si sedettero in un bar poco lontano dal cimitero, a un tavolo appartato. Sofia optò per una cioccolata calda, che con quella pioggia le sembrava il modo migliore per debellare la tristezza che il funerale le aveva messo addosso, mentre Lidja ordinò un tè. Entrambe si concessero anche una bella fetta di torta al cioccolato. Per i primi minuti, il professore e la donna bionda parlarono in tedesco. Lei stringeva tra le dita un fazzoletto di carta ormai appallottolato, con cui ogni tanto assorbiva le piccole lacrime che le si raccoglievano agli angoli degli occhi; lui le teneva una mano sul braccio, evidentemente cercando di consolarla.

Dopo essersi scambiati qualche altra parola nella loro lingua madre, passarono all'italiano.

La donna parlava con un accento tedesco più marcato persino di quello di Thomas, ma era capace di farsi comprendere bene nonostante qualche errore qua e là. Dava l'impressione di stare un po' sulle sue, e ogni tanto gettava uno sguardo inquieto alle due ragazze. Sofia non poteva darle torto. Di sicuro si chiedeva chi fossero quei tre tipi strani, cosa ci facesse un tizio vestito come un gentiluomo dell'Ottocento assieme a due ragazzine, e che motivo avessero di andare al funerale di Karl.

«Lei si chiama Effi. Lidja, Sofia...» fece le presentazioni il professor Schlafen.

Sofia era incerta se sorridere alla donna o mantenere un contegno grave, non sapendo come ci si debba comportare con chi ha appena subito un grave lutto.

«Come le dicevo» continuò il professore scandendo bene le parole «siamo qui perché qualche tempo fa anche un nostro amico è morto in circostanze misteriose. E presentava le stesse ferite di Karl.»

Sofia annegò la faccia nella tazza di cioccolata. Quella bugia, detta per di più a una persona che stava soffrendo, la metteva parecchio in imbarazzo.

«Per cui, quando abbiamo letto di suo figlio...»

«Non era mio figlio» disse Effi guardando il professore di sottecchi. «Io sono la... *Pflegemutter*.»

«Madre adottiva» tradusse lui con nonchalance.

Lidja invece lanciò a Sofia uno sguardo significativo.

«Madre adottiva, sì» ripeté Effi. «Ho preso Karl dall'orfanotrofio quando era piccolo, molto piccolo... Sì, forse sono una mamma per lui.» Il suo sguardo si perse nel vuoto, e il professore le mise una mano sulla spalla per confortarla.

«Insomma, quando abbiamo letto di questa tragedia, abbiamo deciso di venire a indagare» continuò la donna. «Finora le forze dell'ordine non sono riuscite a spiegare quanto è successo al nostro amico.»

Effi si tirò su con la schiena. Si era fatta guardinga. «Io mi fido della polizia. Di sicuro capiranno e prenderanno il colpevole» disse. «Le ferite poi non sono così strane... io penso che qualche balordo...»

Lidja lanciò una nuova occhiata verso Sofia. Effi sembrava voler eludere la curiosità del professore. Ma poteva anche trattarsi di una semplice coincidenza.

«E come mai questa aggressione è così simile a quella subita dal nostro amico, in Italia?»

La donna parve un po' spaesata.

Il professore si tirò su gli occhiali sul naso, e Sofia notò in lui qualcosa che non aveva mai visto prima. Portava al dito un grosso anello d'oro, un modello maschile, e sulla piastra che campeggiava sulla parte superiore c'era una piccola incisione molto dettagliata. Sofia dovette aguzzare la vista per riuscire a capire cosa fosse. Era un drago avvolto intorno a un albero magnifico, le cui foglie erano riprodotte con estrema accuratezza.

Il professore rimase qualche istante così, con la mano davanti al viso e l'anello in vista, gli occhi puntati su Effi.

La donna ebbe un lieve sussulto quando notò il gioiello, poi guardò il professore inquieta.

«Qualcosa non va?» sorrise lui accomodante.

Lei si tirò appena indietro. «Chi siete in realtà?»

Il professore si rilassò, e il suo sorriso apparve più sincero. «Amici. Un Custode e due Draconiane, per la precisione.»

Gli occhi di Effi, di un azzurro limpidissimo, si schiarirono. «Non è possibile… non credevo ci fossero altri Custodi…» disse incredula.

«Ai tempi di Draconia eravamo in cinque, come i draghi che vegliavano sull'Albero del Mondo» spiegò il professore. «La guerra però ha ucciso tre di noi, e io sapevo che nel mondo si nascondeva un altro Custode come me. Per anni ti ho cercato invano, e cominciavo a disperare. Ma ora finalmente ti ho trovato. Che ne dici di andare in un posto più tranquillo e chiarire tutto?»

La casa di Effi si trovava in una zona residenziale di Monaco, tra palazzi imponenti dall'aspetto ottocentesco. Dovettero salire sei rampe di scale prima di arrivare all'attico in cui Effi e Karl avevano trascorso la loro esistenza.

Il pavimento era ricoperto da un parquet chiarissimo, e alle pareti erano appesi quadri antichi, tra cui spiccavano alcune foto incorniciate di un bambino paffuto che correva su un triciclo, che giocava a palla, o che semplicemente sorrideva. Fuori dalla finestra, i tetti della città si susseguivano in un'infinita distesa grigia. Sofia rimase per un po' a guardare il cielo che continuava a piangere quella pioggia sottilissima, rendendo i tetti aguzzi lucidi come porcellana.

Effi preparò un tè per tutti e tirò fuori dal frigo un dolce alto e compatto, che chiamò *Käsetorte*.

«L'ho fatto io, a Karl piaceva moltissimo» disse con una punta di malinconia.

Poi si sedette anche lei al tavolo della cucina, davanti a un'ampia finestra che dava sulla città, e cominciò a raccontare. Aveva preso da un cassetto un anello in tutto e per tutto simile a quello del professore. Disse di averlo sempre posseduto. Un cimelio di famiglia, le avevano raccontato i suoi genitori.

«È il simbolo di noi Custodi» spiegò il professor Schlafen. «Un anello tramandato di padre in figlio per generazioni, e che, una volta in nostro possesso, ci aiuta a ricordare chi siamo. È così che io ho scoperto chi ero: il mio anello era andato perduto, lo ritrovai per caso in un vecchio baule polveroso in casa del mio bisnonno. E lì è cominciata la mia storia. L'ho sempre conservato in uno scrigno chiuso a chiave, e questa è la prima volta che lo indosso. In fondo al cuore speravo che con il Draconiano avrei trovato anche l'altro Custode, e l'ho portato con me come segno di riconoscimento.»

«Io ce l'ho da quando ero bambina» disse Effi. «E di essere *eine Aufseherin*... l'ho sempre saputo.»

Faceva molti sogni su draghi e viverne, raccontò, e ogni volta che si svegliava ricordava un nuovo pezzo del suo passato. All'inizio aveva creduto di essere matta, e aveva cercato in tutti i modi di non pensarci.

«Mio padre mi portò dal medico dei pazzi, pensate...» disse con un sorriso amaro. «Ma non trovarono niente di strano, e io mi resi conto che non conveniva parlare a qualcuno delle mie visioni. Imparai a tenerle per me, e al contempo iniziai a indagare. Perché *sentivo* che sotto quei sogni c'era qualcosa, una realtà che era necessario io conoscessi. Ed è stato così che ho scoperto tutta la storia. Chi ero, cosa dovevo fare. E mi sono messa a cercare i Draconiani.»

Era riuscita a trovarne subito uno: era poco più di un neonato, ma aveva percepito immediatamente qualcosa in lui. Lo aveva preso sotto tutela e aveva consacrato tutta la propria esistenza al suo addestramento.

«Con lui era tutto più semplice. Perché era come me. E io mi sentivo meno sola, meno diversa» spiegò con aria mesta. A quanto sembrava si erano aggrappati l'uno all'altra come due naufraghi. «Gran parte della nostra vita è stata dedicata all'addestramento e allo studio. Karl sapeva fare cose incredibili con i suoi poteri, era molto bravo.»

Ma la ricerca del frutto era avanzata molto lentamente, e solo qualche mese prima sembrava aver dato i primi risultati.

«Avete trovato il frutto?» chiese il professore.

«Tracce. L'unica informazione certa è che si trova qui in Baviera.»

«E poi? Come mai le cose sono precipitate?»

Effi fissò il tavolo, assente. «Io quella sera non sapevo nemmeno che Karl fosse uscito. Ero via per lavoro, fuori Monaco. Non era la prima volta... Ho trovato la polizia a casa la mattina dopo.»

Si portò le mani alle tempie e chiuse gli occhi un istante.

«Ma eravate a un punto di svolta con le indagini?» insistette il professore.

Effi scosse la testa. «No... non più di prima. Non avevamo altri indizi.» Prese fiato, poi continuò: «Non so perché fosse uscito. Ma so che cosa gli è successo.» Il suo sguardo si fece duro, l'azzurro dei suoi occhi implacabile. «E so che è stata lei.»

Sofia sentì un brivido scenderle giù per la schiena. Perché *lei* riferito al nemico le faceva tornare in mente una sola cosa: Nida.

«Di chi stai parlando?»

Effi guardò il professore. «È una ragazza bionda molto carina, ma con uno sguardo… *entsetzlich*!»

Spalancò gli occhi, e sebbene Sofia non avesse capito il significato di quell'ultima parola, intuì che era adeguata allo sguardo di Nida.

«Anche se fa freddo, lei è sempre mezza nuda, come se fosse… fredda dentro. E dal suo corpo scaturiscono fiamme nere.»

«Nidafjoll» disse Lidja. Effi si girò verso di lei, stupita. Probabilmente non si aspettava che una delle due ragazze potesse prendere la parola. «È come una figlia di Nidhoggr, un suo emissario terreno. Mi fece prigioniera, una volta, e porto ancora i segni di quell'esperienza.»

«Nidhoggr… *der Wyvern*» mormorò Effi in un soffio.

Il professore annuì.

«È stata lei» tagliò corto Effi. «Le bruciature… e Karl era forte, solo un avversario altrettanto forte avrebbe potuto batterlo. Un avversario come lei.»

«Sì, ma adesso?» intervenne Lidja. «Adesso che facciamo? Okay, Karl era un Draconiano, e Nida l'ha ucciso. Ma aveva trovato il frutto? O il frutto ora è nelle mani di Nidhoggr e dei suoi?»

«Non lo so» mormorò Effi, confusa.

«Siamo tutti molto stanchi» concluse il professore. «Meglio prenderci una notte di riposo e lasciare un po' in pace Effi.» A Sofia parve che guardasse Lidja con eloquente intensità, e lei abbassò lo sguardo.

Effi li accompagnò alla porta, dove ebbe con il professore un altro breve scambio in tedesco.

Infine furono fuori. Era scesa la sera, e l'aria si era fatta tagliente.

«Non sono sicura che abbiamo fatto bene ad andarcene» disse Lidja, mentre si avviavano verso la metro. «Da quel che ho capito la situazione è grave.»

«Più di quanto credi» rincarò il professore.

«A maggior ragione saremmo dovuti rimanere e decidere il da farsi!»

Schlafen scosse la testa. «Effi ha appena subito un grave lutto. E poi ha vissuto tutta la vita con quel ragazzo, non credi che ora si senta devastata? Se fossimo rimasti, l'avremmo solo preoccupata ancora di più. Le ho anche chiesto se voleva che rimanessimo con lei stanotte, ma mi ha detto di no, segno che ancora non si fida. Dobbiamo darle il tempo di assimilare tutte queste novità.»

Sofia avrebbe giurato che il professore le avesse lanciato un'occhiata furtiva. Anche lei aveva avuto bisogno di tempo per accettare la nuova realtà, e le era anche stata offerta la possibilità di andarsene.

«Comunque, l'appuntamento è per domattina. Allora decideremo come procedere. Intanto ci sono delle cose che dovreste sapere» aggiunse sibillino mentre saliva sulla metro.

Il professore decise di spiegare tutto davanti ad alcune insolite ma saporite pizze turche che avevano comprato vicino alla stazione della metropolitana, e che stavano mangiando seduti sui letti dell'ostello.

«La situazione non è per niente buona» esordì quando ebbe finito di mangiare.

Era serissimo, come Sofia non l'aveva mai visto, il che le fece sospettare che le cose andassero decisamente peggio di quanto avesse immaginato. In quel primo anno e mezzo insieme avevano dovuto affrontare immani difficoltà: Lidja era stata rapita, e lei aveva persino rischiato di morire. Cosa poteva esserci di peggio?

«Non vi ho mai spiegato esattamente cosa accadrà una volta che avremo riunito tutti i frutti» continuò il professore.

«L'Albero del Mondo tornerà a fiorire e Draconia scenderà sulla Terra, no?» disse Lidja.

Lui annuì gravemente. «Questo è quello che accadrà, ma affinché succeda ci sono alcune condizioni da rispettare.»

«Tipo?» chiese Lidja dando gli ultimi morsi alla pizza.

«L'avete già visto con Fabio: è come se ciascun frutto appartenesse a un Draconiano. Questo perché ognuno dei cinque draghi guardiani vegliava su uno di essi: soltanto un drago è in grado di attivare appieno i poteri di uno specifico frutto. Solo Fabio può usare appieno i poteri del frutto di Eltanin.»

«Stai dicendo che anch'io sarei in grado di attivare i poteri del frutto di Rastaban, e che io sola sono capace di farlo?» chiese Lidja, solleticata dall'idea.

«Precisamente. Questo implica però che solo Karl era in grado di attivare i poteri del frutto protetto dal drago che viveva in lui.»

Sofia sentì una sensazione sgradevole alla bocca dello stomaco. «Ed è necessario che tutti i frutti vengano attivati da tutti i Draconiani?» domandò.

Il professore si limitò ad annuire. E finalmente tutto fu chiaro. Sofia vide la paura crescere negli occhi di Lidja.

«Per richiamare Draconia sulla Terra e donare di nuovo i frutti all'Albero in modo che torni a vivere, occorre che ciascun Draconiano attivi il proprio frutto. Dunque non serve soltanto che tutti i frutti siano in mano nostra, ma anche che tutti i Draconiani siano presenti.»

I secondi di silenzio che seguirono parvero interminabili. Fuori, la pioggia picchiettava i vetri.

«E se non ci sono tutti?» chiese Lidja temendo la risposta.

«Non ci sarà modo di richiamare Draconia.»

Sofia si riscosse quando quel che restava della sua pizza le cadde di mano sulla carta oleata stesa sul letto. «Stai dicendo che Nidhoggr ha vinto?» chiese con voce tremante.

Il professore sospirò. «Con le mie attuali conoscenze... sì. È come se Nidhoggr ci avesse già sconfitti.»

Non era solo peggio del previsto. Era semplicemente una catastrofe. Una tragedia irreparabile. Non bastava ritrovare il frutto di Karl, se mai ci fossero riusciti. In ogni caso, sarebbe stato un oggetto inerte tra le loro mani, senza il ragazzo.

«Non può finire così» disse Lidja sgomenta. «A questa missione abbiamo sacrificato tutto, abbiamo rischiato le nostre vite, abbiamo detto addio alla nostra normalità! Non può finire tutto così solo perché uno stupido ragazzino si è fatto ammazzare da Nida!»

Era balzata in piedi, fuori di sé, i pugni serrati. Sofia

non riusciva a far altro che guardare la fetta di pizza caduta, e l'olio rosso che si spandeva sulla carta oleata. Era davvero finita? Tutte le sofferenze di quell'anno, tutte le incertezze, e anche l'esaltazione, da quando aveva iniziato a capire come funzionavano i suoi poteri. Era tutto finito?

Il professore si alzò. «Calmati, Lidja.»

«Io non mi calmo! E non capisco come faccia tu a non impazzire! Hai o non hai speso la tua vita dietro a questa missione? Come puoi tollerare che finisca così?»

Sofia deglutì, mentre le voci concitate del professore e di Lidja le arrivavano come da lontano. Poi digrignò i denti e sollevò lo sguardo, calma. «Che facciamo, ora?» chiese.

Il professore e Lidja tacquero.

«Bisogna cercare una via alternativa» rispose Schlafen. «Non possiamo arrenderci prima di aver tentato tutte le strade. È in gioco la salvezza del mondo. E se esiste una soluzione, giuro che la troverò. Se invece non esiste, la inventerò.»

Il suo sguardo era più deciso che mai, e Sofia se ne sentì rassicurata.

«Ora dobbiamo restare calmi e impegnarci al massimo» continuò il professore. «Anche se sembra tutto perduto, sono certo che c'è qualcosa che mi sfugge.

Intanto domani torneremo da Effi e le spiegheremo la situazione. Abbiamo bisogno di unire le forze, e lei ci sarà di sicuro utile.» Poi mise le mani sulle spalle di Lidja e la guardò negli occhi. «Hai capito? Non è finita, non lo sarà mai fino a quando non ci arrenderemo, è chiaro? Ora ho bisogno che tu ti fidi di me: puoi farlo?»

Lei rimase immobile qualche secondo, poi annuì. «Sì... io... credo di sì» concesse, ma era evidente che si sentiva ancora in balia di quel frustrante senso di impotenza.

«A letto, allora. Domani sarà una giornata lunga e faticosa.»

Fu sulla porta del bagno che Sofia bloccò Lidja. «È così che Nidhoggr vince: togliendoci la speranza. Possibile che debba dirtelo proprio io, che sono la più fragile?» mormorò.

Lidja appoggiò la testa a quella dell'amica. «Neppure io mi arrenderò, mai» sussurrò.

Così chiusero gli occhi su una nuova notte d'incertezza.

4
La Padrona dei Tempi

Si incontrarono di nuovo a casa di Effi. Il cielo era ancora grigio, ma almeno aveva smesso di piovere, e sembrava facesse un po' meno freddo. Eppure, lungo il tragitto, Sofia continuava a battere i denti. Per altro, nei tunnel della metro si soffocava, cosicché appena usciva in strada rimaneva intirizzita sotto le sferzate di aria gelida che la colpivano.

Effi non sembrava stare meglio del giorno precedente e il professore preferì parlarle in tedesco, per i primi minuti. «Ci sono cose che si possono dire solo nella propria lingua» spiegò. Prese quindi da parte Effi e si chiuse con lei in una stanza, lasciando Lidja e Sofia sole in soggiorno.

«Va meglio, oggi?» chiese Sofia, mentre saltellava col telecomando da un programma all'altro, tutti ugualmente incomprensibili. Cuoco alle prese con i fornelli. *Zap*. Pubblicità di suonerie dei telefonini. *Zap*. Sport. *Zap*.

«Ero solo arrabbiata» rispose Lidja un po' sulle sue. In effetti quella che stavano sperimentando era una vera e propria inversione dei ruoli: Sofia, quella pessimista e sfiduciata, faceva coraggio all'amica forte e coraggiosa, che non si abbatteva mai. Entrambe in qualche modo si sentivano a disagio nei nuovi ruoli. Poi Lidja si girò di scatto verso Sofia: «Scusa, tu non lo eri?»

«Certo che sì, e proprio per questo sentivo che non potevamo arrenderci.»

«Il professore l'aveva messa giù piuttosto drammatica...»

«Non l'hai lasciato finire.»

«A volte mi stupisco di quanto ciecamente tu riesca a fidarti di lui...»

«Perché, per te non è così?»

Lidja scrollò le spalle. «Nella mia vita ho sempre cercato di farcela da sola. E, certo, lui è la nostra guida e ne sa più di noi, ma dovremmo essere in grado di agire anche senza il suo aiuto.»

Sofia guardò per qualche minuto la tv, pensierosa. In effetti, a Benevento avevano dovuto tirarsi fuori dai guai da sole, e non era andata poi così male. «In ogni caso, sono certa che il professore troverà una soluzione» concluse.

«*Deve* trovarla» affermò Lidja perentoria.

Il professor Schlafen ed Effi rimasero chiusi nell'altra stanza a lungo. Un paio di volte Lidja si mise anche a origliare.

«Smettila, dai...» provò a rimbrottarla Sofia, in tono poco convinto.

«Parlano, parlano... non pensavo che al prof ci sarebbe voluto tanto per spiegare la situazione» disse Lidja, l'orecchio incollato alla porta.

Poi il legno le mancò sotto la testa, e per poco non andò a sbattere contro le gambe del professore. Si fece rossa come un peperone, mentre lui si schiariva la voce: «Curiose, eh?»

Si misero di nuovo tutti intorno al tavolo della cucina e mangiarono quel che era rimasto della *Käsetorte*. Lidja e Sofia si gustarono anche una cioccolata.

«Effi ha grandi novità» esordì Schlafen, guardando la donna.

Lei parve titubante, poi iniziò a parlare nel suo italiano dal forte accento tedesco. «Prima di incontrare voi, avevo già iniziato a pensare che la situazione fosse grave, anche se non sapevo questa… cosa che mi ha rivelato Georg.»

Sofia rimase interdetta. In un anno e mezzo di conoscenza e di convivenza aveva sentito quel nome una volta sola, quando suor Prudenzia le aveva presentato il professore. Da allora per lei era sempre stato il prof, nient'altro. Si era quasi dimenticata il suo nome di battesimo. Le fece dunque uno strano effetto sentirlo pronunciare da quell'estranea.

«E siccome Karl per me era tutto… e io mi sento… *Täterin…*»

«In colpa» tradusse il professore.

«In colpa» recuperò Effi. «E lui mi manca tanto, ho pensato a una soluzione… estrema. Grazie alle mie ricerche, ho scoperto l'esistenza di un oggetto antico che ci può aiutare» aggiunse, prendendo fiato. Evidentemente la storia era lunga e complicata. «Quando *Wyvern* e *Drachen* si combatterono, non tutti gli esseri umani avevano deciso con chi stare. Ce n'erano alcuni che preferivano non prendere posizione, che erano…»

«… neutrali» si inserì il professore.

Effi annuì. «Questi umani volevano solo che la guerra finisse, in un modo o nell'altro. E per questo ebbero un'idea. Presero del legno dall'Albero del Mondo e costruirono una… *Stundenglas.*»

«Una clessidra.»

A Sofia pareva di ascoltare Cico e Byo, il duo di clown che aveva conosciuto qualche tempo prima al circo di Lidja: anche quei due si toglievano le parole di bocca, e la cosa, non sapeva spiegarsi il perché, ora cominciava a darle sui nervi.

«La chiamarono Padrona dei Tempi. Chi la possedeva poteva tornare indietro nel tempo» continuò Effi.

Lidja si sporse immediatamente in avanti, e anche Sofia si fece molto attenta.

«Per questi umani era una specie di arma definitiva. Erano sicuri che se le viverne o i draghi avessero preso la *Stundenglas*, sarebbe tutto finito: uno dei due avrebbe fatto tornare le cose all'origine.»

«Ma non gli interessava chi dei due l'avrebbe presa? Voglio dire, dovevano pur essere consapevoli che le viverne avevano scopi malvagi e i draghi no» osservò Lidja.

Effi scosse il capo. «No, non gli interessava. Per loro avevano ragione entrambi, ed entrambi avevano torto. Non importava a nessuno perché si combattessero. Desideravano solo la pace.»

«Ma come poteva un oggetto creato con la corteccia dell'Albero del Mondo essere maneggiato dalle viverne?» chiese Sofia.

«A questo posso rispondere io» disse il professore. «Le viverne non sono state create malvagie. In principio erano creature come tutte le altre, né buone né cattive, e sono state tali per lunghi, lunghissimi anni. Per questo erano in grado di toccare l'Albero del Mondo e giovarsi dei suoi poteri. Solo Nidhoggr, e di conseguenza i suoi seguaci, non sono più in grado di farlo. Gli infiniti anni di lotta, le atrocità di cui si è macchiato, l'hanno segnato così a fondo da corromperlo fino all'osso, e l'Albero del Mondo non lo riconosce più.»

«Ma tu ci hai sempre detto che le viverne erano cattive...» replicò Lidja, confusa.

«Vi ho detto che hanno commesso atti scellerati, vi ho detto che si sono ribellate, ma questo non vuol dire essere cattivi di natura.»

A Sofia parve che si andasse disegnando un quadro nuovo, in cui i colori erano meno definiti. Non aveva mai messo in dubbio la malvagità delle viverne; ora scopriva invece che non erano esseri destinati al male. E la cosa, in un modo indistinto che faticava a comprendere, la inquietava.

«I Neutrali nascosero la *Stundenglas* in un luogo segreto, e poi sfidarono i draghi e le viverne a trovarla» proseguì Effi. «Il primo risultato di questa idea fu una specie di tregua, perché tutti erano impegnati nella ricerca.»

«Alla fine qualcuno trovò la clessidra?» chiese Lidja.

Effi annuì. «*Die Drachen*. In particolare fu Aldibah, il drago che albergava in Karl, a conquistarla.»

Lidja si sporse ancora più avanti. «E allora perché non hanno rimesso a posto le cose? Perché non hanno annientato le viverne? Insomma, Nidhoggr in seguito è quasi riuscito a distruggere l'Albero del Mondo, e la guerra non è finita...»

La donna si passò una mano tra i capelli. Le riusciva evidentemente difficile spiegare la situazione. «Cambiare il passato non è una cosa facile. Ci sono tanti elementi da considerare... Quando tocchi una cosa, non sai mai in che modo cambierà. Per questo la *Stundenglas* è un oggetto pericoloso. Modificare il passato lo è. La storia tende a ripetersi, cambi una cosa per aggiustare un fatto spiacevole, e combini qualche altro pasticcio... capito?»

«Effi intende dire che ogni azione ha un costo difficile da preventivare» intervenne il professore. «Annullare un evento può portare a conseguenze inimmaginabili, anche tragiche. Il tempo ha regole immutabili. È come un domino cosmico, pieno di ramificazioni, impossibile da controllare. Togli una tessera, e il mosaico è così complesso che non hai idea di cosa quel piccolo gesto possa mutare nell'ordine di caduta di tutte le altre.»

Lidja non sembrava poi così convinta.

«Comunque» riprese Effi «i draghi ci provarono. Aldibah cercò di modificare l'evento che aveva causato la guerra, ma forse sbagliò, forse non aveva capito perché le viverne si erano ribellate... Insomma, quando tornò al presente, la guerra infuriava ancora più sanguinaria, e i draghi la stavano perdendo.»

«Bella fregatura» disse piano Lidja.

«Allora i draghi capirono che quell'oggetto era pericoloso, che non bisognava più usarlo, e lo diedero ai Custodi perché lo distruggessero.»

«E tu non ti ricordavi di questa clessidra, prof?» domandò Sofia.

«No. Noi Custodi non ricordiamo tutto del nostro passato. Alcune informazioni possono andare perdute nel passaggio da una generazione all'altra.»

Effi continuò il suo racconto: «Solo che il Custode cui fu affidato il compito di distruggerla non lo fece. La nascose in un posto segreto, forse pensando che un giorno, chissà, sarebbe potuta tornare utile... Di generazione in generazione il segreto della Padrona dei Tempi passò ai Custodi consapevoli della propria missione, i quali riuscirono sempre a rintracciarla e ogni volta a nasconderla in un nuovo posto sicuro.»

Si interruppe e abbassò lo sguardo sul tavolo, giocherellando nervosamente con un'unghia intorno a un nodo del legno.

Seguì un lungo silenzio. Tutti la guardavano con il fiato sospeso.

«È così che è giunta fino a me» disse infine Effi.

«E… ce l'hai ancora?» azzardò Lidja.

«Io non l'ho mai vista» rispose gravemente la donna «ma so dove si trova.»

La ragazzina sbatté il palmo della mano sul tavolo. «Ma allora è fatta! Voglio dire, la prendiamo, cambiamo il passato ed evitiamo che Karl muoia!» disse eccitata.

«È quello che stavo per fare quando siete arrivati. Recuperare la clessidra e cambiare le cose.»

Sofia guardò il professore. «Questo risolve tutto… o no?»

«È possibile. Ma dobbiamo fare tesoro di quello che è successo ai draghi. Noi non sappiamo esattamente cosa sia accaduto a Karl: aveva trovato il frutto? Aveva condotto indagini per conto suo e Nida l'aveva seguito? Dobbiamo stare estremamente attenti a quel che cambieremo nel passato, perché abbiamo una sola possibilità. Una volta girata la clessidra, essa ci darà un tempo limitato per fare quel che dobbiamo. Inoltre, ogni persona può usarla una sola volta nella propria vita, dopodiché diventerà un oggetto comune tra le sue mani.

In un certo senso, è una specie di precauzione contro chi volesse abusare dei suoi poteri.»

«In ogni caso, noi non sappiamo che conseguenze avrà salvare Karl...» osservò Sofia.

«Che conseguenze vuoi che abbia? Che Nidhoggr non avrà vinto la sua battaglia fin da ora. Ma hai capito o no la posta in gioco?» sbottò Lidja.

«Sofia ha ragione. No, non sappiamo in che modo il nostro intervento muterà il futuro. Riavremo Karl, ma ciò potrebbe causare danni peggiori, chissà... È questo il prezzo che si paga quando si vogliono cambiare eventi già accaduti. Non è un caso che i draghi abbiano deciso di disfarsi della clessidra» ribatté il professore.

Lidja sbuffò. «Se non salviamo Karl, però, sappiamo esattamente come andranno le cose: l'Albero del Mondo morirà.»

«È vero. Ed è per questo che ricorreremo alla Padrona dei Tempi. Ormai non abbiamo scelta.»

«Be', direi che è deciso allora» disse Lidja. Il suo umore era molto migliorato. «Dov'è la clessidra?»

«Naturalmente è nascosta in un posto... al di là di ogni sospetto» rispose Effi. E per la prima volta da quando l'avevano conosciuta, regalò loro un timido sorriso.

5
Notte al museo

«*Schnell*! Tra poco chiudono la biglietteria» incalzò Effi. Il tram sferragliò dietro di loro, allontanandosi dalla fermata di Isartorplatz.

Il Deutsches Museum era immenso. Il professore aveva detto che si trattava del più grande museo della scienza e della tecnica del mondo, e Sofia moriva dalla curiosità. A scuola, educazione tecnica le era sempre piaciuta. Era come guardare nella pancia delle cose: l'affascinava scoprire come funzionavano i grossi termosifoni dell'orfanotrofio, o l'asciugacapelli, o tanti altri piccoli e grandi oggetti della vita quotidiana.

Era in missione solo con Effi, avevano deciso che era più sicuro così.

«È necessario restare nel museo dopo la chiusura, andare in quattro sarebbe pericoloso. Corerremmo il rischio di essere notati. In due avrete più possibilità, e d'altra parte Effi non può andare da sola: noi Custodi siamo indifesi contro i seguaci di Nidhoggr» aveva spiegato il professore.

Per tutto il viaggio in tram Effi e Sofia erano rimaste in silenzio, la ragazza con la faccia incollata al vetro. La città scorreva sotto i suoi occhi, bagnata di nuovo da quella pioggia sottile che sembrava non volersene andare. Monaco iniziava a entrarle dentro: era così ordinata, così... pulita. E le piaceva. Tutto quell'ordine era una boccata d'aria fresca, soprattutto in un momento confuso come quello che stava vivendo. La situazione era precipitata così in fretta che aveva avuto a malapena modo di rendersi conto di quanto accadeva.

Effi prese i biglietti alla cassa e Sofia la precedette lungo gli ampi corridoi del museo. Non c'erano molti visitatori quel giorno, e i pochi che passeggiavano tra le opere esposte sembravano minuscoli, nella grandiosità di quelle sale.

«Facciamo un giro fino all'ora di chiusura, poi ci nascondiamo, va bene?» propose Effi.

Sofia si limitò ad annuire. Si sentiva un po' una guardia del corpo. Del resto, era esattamente quello il suo compito: proteggere Effi in caso Nida si fosse fatta vedere, e la cosa la metteva in agitazione. D'accordo, i suoi poteri erano migliorati nell'ultimo anno, però Nida aveva addirittura ucciso uno di loro. E se lei non fosse stata in grado di contrastarla?

Si mosse inquieta per le sale, la presenza di Thuban che le premeva sotto lo sterno, pronta a venir fuori all'occorrenza. Sentiva già il neo sulla fronte riscaldarsi appena.

«Cosa vuoi vedere?»

Sofia si riscosse.

«Ti trovi in uno dei più grandi musei del mondo, non sei curiosa?»

«Sono solo preoccupata» rispose lei un po' piccata. Effi parve non capire. «Per i nemici che potrebbero aggredirci» precisò Sofia con una punta di acredine nella voce.

«Oh... mi spiace... Ma non credo che loro sappiano della Padrona dei Tempi.»

"Molto rassicurante" pensò Sofia guardandosi intorno. «Voglio andare al planetario» decise infine.

«Oh, *die Sterne*... ti piacciono?» Di fronte al viso perplesso di Sofia, Effi si accorse dell'errore: «Scusa... le stelle... ti piacciono le stelle?»

Dovettero salire tre rampe di scale, finché non uscirono su un'ampia terrazza. Tirava un vento teso, e Sofia si alzò la sciarpa sulla bocca. Rimase senza fiato. L'intera città si stendeva ai suoi piedi: dalla torre del Rathaus fino al campanile della Frauenkirche, posti che ancora non aveva avuto modo di visitare, ma che il professore le aveva descritto dall'aereo. Era come quella volta al Pincio, ma senza vertigini ora, anzi con il desiderio di volare su quel mosaico di tetti rossi e scuri, luccicanti di pioggia.

Effi si appoggiò sulla balaustra accanto a lei. «Bello, vero? Mi è sempre piaciuto tanto il panorama da quassù» disse. «Amo molto la mia città.»

Già. A differenza di lei, che non si era mai sentita romana e apparteneva a una dimensione che sulla Terra neppure esisteva. Ma capiva come si potesse amare quel luogo ed essere fieri di farne parte.

«Anche Karl adorava questo posto. Lui era appassionato di stelle» proseguì Effi. «Venivamo spesso al Deutsches Museum, e qui sopra passavamo ore a guardare il cielo.» Sospirò, persa in qualche ricordo doloroso. «Ma perché lo dico a te? Tu vieni da Roma, una città molto più bella di questa.»

«Ci sei mai stata?» chiese Sofia.

Effi scosse la testa. «Sono stata in Toscana due volte, e una volta al mare, a Rimini. Mi piace l'Italia, per questo sto imparando l'italiano. Ormai sono cinque anni che lo studio. Ma a Roma non sono mai stata.»

Sofia rimase a guardare ancora il panorama sotto di sé.

Poi la porta del planetario si aprì.

«Ecco, comincia!» disse Effi con un sorriso.

Sofia non capì niente, a parte quello *Stern* ripetuto di continuo, ma lo spettacolo le piacque. Alla villa del professore qualche volta si era soffermata a guardare il cielo, ma spesso era velato dalla foschia, e comunque le luci dei paesi lungo il lago lo rendevano di un colore lattiginoso. Per questo fu bello vederlo nel suo splendore, per quanto si trattasse solo di un'illusione. Sofia si perse tra stelle e pianeti, immaginando di non essere in quel luogo, sotto quella cupola assieme a un'estranea, ma sola, in qualche posto sperduto del mondo a contemplare quello spettacolo mai visto. Le luci però si riaccesero troppo presto, e lei fu di nuovo con Effi. Avevano ancora venti minuti da passare lì dentro prima della chiusura.

«Ci prendiamo qualcosa da mangiare, ti va?» propose la donna. Sofia annuì.

Optò per un *Brezel* che aveva attirato la sua attenzione: era ricoperto da un'invitante crosticina di formaggio fuso, e nei buchi erano infilate due belle fette di salame. Di certo non l'ideale per la linea, ma decise di non curarsene.

«*Feinschmeckerin*» commentò Effi. Poi provò a spiegare: «Sì, quelli cui piacciono le cose buone, magari anche un po' troppo...»

«Buongustaia» precisò Sofia. «In italiano si dice così.»

«È che la vostra è una lingua difficile...» osservò Effi appoggiando la guancia a una mano. La guardava con dolcezza, tanto che Sofia si chiese se stesse ricordando Karl. «È quasi ora» annunciò poi, controllando l'orologio. «Dobbiamo andare a nasconderci.»

Si introdussero in una sala vicino alla biglietteria, e lo spettacolo che si aprì ai loro occhi fu assolutamente grandioso: la stanza era piena di navi. Pezzi interi di scafi in esposizione, prue, vele e timoni sfilavano sotto lo sguardo incantato di Sofia: c'erano velieri, vapori, imbarcazioni di ogni genere, e si poteva addirittura camminare dentro alcune barche. Rimase rapita. Non aveva mai visto una nave in vita sua, e adesso le si presentava tutto quel ben di dio. Le parve di essere finita nell'Isola del Tesoro o dentro *Pirati dei Caraibi*, ed ebbe la sensazione che Johnny Depp potesse spuntare da una sartia da un momento all'altro. Fu la voce di Effi a richiamarla. La sala era ormai praticamente vuota.

«Di qua» le disse.

Andarono vicino a una specie di grosso siluro di metallo, un sottomarino. Sofia ricordò subito quello del professore, alla villa. Tanto quello era grazioso, con la sua buffa forma di pesce, quanto questo era minaccioso. Senza dubbio era stato studiato per la guerra.

Aveva un'apertura laterale. Effi si guardò intorno, poi ci si infilò dentro. Sofia rimase immobile. Quel coso le metteva ansia.

«Vieni?» la sollecitò la donna, spuntando con la testa dalla lamiera tagliata.

Sofia deglutì. Non aveva altra scelta, ed entrò.

Era un buco imbottito di tubi, leve, manopole e ogni tipo di oggetto atto a togliere aria e spazio. E a provocare ansia, ovviamente. L'odore di metallo era forte, o almeno così sembrò a Sofia. Sentì le gambe ordinarle di uscire da lì al più presto.

«Ora dobbiamo solo stare zitte e buone per qualche ora.»

«Qualche ora?!» Sofia credette di svenire. «E che facciamo nel frattempo?»

Effi frugò nella borsa e ne tirò fuori due libri, entrambi in italiano. «Uno per me, uno per te» sorrise.

Sofia si vide allungare un romanzo fantasy di un qualche scrittore italiano che non conosceva. Roba di pirati, in tema con il luogo in cui si trovavano. Effi invece aveva scelto per sé qualcosa di più voluminoso, e si era immersa subito nella lettura.

«Ah, e per quando andranno via le luci...» disse a un tratto ricominciando a frugare nella borsa.

«Tolgono la luce?» esclamò Sofia disperata.

«Chiudono… è ovvio. Ma noi abbiamo questa»» rispose Effi brandendo una torcia.

Sofia sospirò, poi guardò la copertina del libro. Almeno aveva qualcosa per ingannare l'attesa.

Fu meno peggio del previsto. Il romanzo era appassionante e Sofia ci si perse in breve tempo. Il silenzio di quel posto l'aiutava a estraniarsi, e solo di tanto in tanto, per il primo paio d'ore, sentirono i passi dei custodi che facevano un giro di ricognizione. Poi tutto tacque.

Sul più bello della storia, verso i capitoli finali, Effi chiuse il proprio volume. «È ora» annunciò.

Misero fuori la testa con prudenza. La donna si guardò attorno circospetta, ma la sala era vuota. Alla flebile luce delle lampade di sicurezza, quel luogo aveva un che di magico e misterioso. Le ombre disegnavano strane figure sulle pareti e le vele, fiocamente illuminate, sembravano porte verso mondi fantastici.

Quando furono certe che non ci fosse in giro nessuno, avanzarono. I loro passi rimbombavano sul marmo, sebbene cercassero di fare il minor rumore possibile. Procedevano caute, tra vetrine in ombra e oggetti che Sofia non aveva mai visto così da vicino. Dovettero attraversare tutto il museo addormentato. Nella quiete della notte, era come se gli oggetti esposti vivessero una seconda vita. Le locomotive sembravano sul punto di partire per mete lontane, le macchine erano mostri dormienti, che aspettavano solo un segnale per attivarsi. Gli oggetti nelle teche parevano quasi in attesa. Sofia si sentiva scrutata, e di nuovo evocò Thuban. Il neo sulla fronte pulsò. Ma non era il nemico, lo sapeva. Era quel luogo, regno della scienza di giorno, territorio del mistero di notte. Quello che alla luce sembrava chiaro e innocuo, con il buio assumeva sembianze fantastiche. C'era vita, tra gli oggetti inanimati.

Salirono fino al terzo piano, dove si inoltrarono in una sala non molto grande, piena di complicati congegni. Era la sala dedicata agli orologi. C'erano pendole finemente lavorate, meccanismi pieni di rotelle, leve e ruote dentate, e uno strano cono colorato. Sfruttando le sue conoscenze di inglese, Sofia capì che si trattava di una rappresentazione della storia dell'universo, dal Big Bang fino ai giorni nostri. Rimase ipnotizzata a guardare i colori di quella struttura, finché non sentì un *clic*. Si voltò di scatto, e vide Effi alle prese con una pendola. In qualche modo era riuscita ad aprirla, e ora agiva sul delicatissimo meccanismo usando una semplice forcina per capelli.

Sofia accorse. «Ferma! Ci sarà qualche allarme!» sussurrò, chiudendole una mano sul polso.

Effi sorrise e scosse la testa. «Non su questo oggetto, lo so per certo. Ho già fatto le mie indagini. Fidati.»

Sofia la guardò girare le ruote dentate; agiva con cautela, ma anche con decisione, su quel meccanismo meraviglioso e chissà quanto antico, e delicato. Un nuovo *clic*, e stavolta Effi si fece indietro. La parete dietro la pendola si spostò in avanti, poi ruotò su se stessa, rivelando un passaggio segreto.

La donna sorrise trionfante. «Prego» la invitò indicando l'oscurità oltre la soglia.

Sofia avanzò di qualche passo. C'era un forte odore di chiuso, chissà da quanto tempo nessuno metteva piede là dentro. Poi il buio si illuminò: Effi aveva acceso la torcia.

Il passaggio era nulla più che uno stretto corridoio squadrato, in sintonia con l'architettura severa del resto del palazzo. Sofia fu subito catturata da un particolare: la parete di destra era decorata da un disegno stilizzato, in marmo verde e nero, che raffigurava due animali intrecciati l'uno all'altro in una lotta all'ultimo sangue: i loro corpi lunghi e sinuosi si dipanavano per tutta la lunghezza del corridoio, tanto che le teste non erano visibili; ma Sofia capì che erano un drago e una viverna.

Effi passò in testa. «Andiamo?» la incitò, e lei la seguì.

Appena ebbero varcato la soglia, la porta dietro di loro si chiuse. Sofia sentì il cuore fare una capriola.

«Tranquilla, è tutto a posto. Basterà spingere per uscire» la rassicurò Effi, e riprese ad avanzare.

«Come fai ad andare così a colpo sicuro?» chiese Sofia curiosa. «Voglio dire, come le sai tutte queste cose?»

«Ricerche. È stato il mio bisnonno a costruire questo posto proprio per salvaguardare la Padrona dei Tempi. Era un Custode come me, e la nascose qui dentro. L'ho intuito dopo aver trovato dei suoi appunti, nella soffitta di mia madre, dove descriveva dettagliatamente questo luogo.»

Sofia aveva l'affanno. Non soffriva di claustrofobia, ma quel posto metteva a dura prova i suoi nervi. Era così stretto che Effi strusciava le spalle contro le pareti, e lei stessa finiva per toccarle alternativamente con un braccio o con l'altro a ogni movimento. La luce illuminava solo brevi tratti del corridoio, che non era perfettamente dritto e sembrava realizzato in fretta. Come se non bastasse, il passaggio era ostacolato da centinaia di ragnatele, così fitte e secche che scricchiolavano ogni volta che la testa di Effi ne sfiorava una.

Sofia sudava freddo, e sperava solo di uscire di lì il prima possibile.

Finalmente sulla parete apparvero le teste del drago e della viverna, e con quelle una seconda porta, di legno. Chiusa.

«E adesso?»

Effi tirò fuori la forcina e si mise ad armeggiare con la serratura. Sofia si domandò dove avesse imparato quei trucchetti. Non riusciva a immaginarsi il professore che faceva una cosa del genere: lui era del tutto negato per l'azione. Effi, invece, sembrava perfettamente a suo agio in quella situazione. La porta si aprì dopo pochi tentativi, e si trovarono in un ambiente più ampio, ma non meno asfittico né meno infestato da orribili ragnatele. Le pareti erano ricoperte da uno strato irregolare di calce, e dal pavimento si innalzavano alcune impalcature di legno. Davanti a loro, il meccanismo gigantesco di un orologio. C'erano ruote dentate del diametro di almeno un paio di metri, e altre minuscole come granelli di polvere: sembrava di stare dentro la cassa di un orologio a cipolla. Tutto si muoveva come perfettamente oliato, con un lieve ronzio simile al respiro di un essere vivente. A Sofia mancò il fiato.

«È l'orologio del cortile, l'hai visto prima? Quello con i segni zodiacali.»

Sì, Sofia l'aveva visto. Come perderselo, del resto? Aveva un enorme quadrante blu, con fregi e lancette d'oro. C'erano incisi sopra tutti i segni astrologici.

Effi si portò sotto il meccanismo.

«Non è pericoloso?» chiese Sofia. Quelle ruote davano

l'impressione di poter tranquillamente stritolare una persona della taglia di Effi, o quanto meno strapparle una mano.

«Non ti preoccupare» disse lei. Si sedette a terra, il naso che quasi sfiorava una ruota dell'orologio dall'aria tagliente.

Sofia le andò vicino, e la vide aprire il palmo della mano. Dentro c'era una piccolissima ruota dentata.

«L'ho tolta dalla pendola che abbiamo aperto per entrare» spiegò. La prese con le forcine, poi si mise a studiare il meccanismo, la fronte aggrottata.

Sofia temette di intuire cosa avrebbe fatto. «È troppo pericoloso» esclamò.

«So come si fa.»

«Se sbagli ci rimetti almeno una mano!»

«È l'unico modo.»

Effi era sicura e determinata.

«Ecco» disse quando ebbe capito dove andava la rotella, e la fronte le si spianò.

La sua mano si mosse con precisione, senza un tremito. Fu questione di un secondo. Inserì la rotella tra due ruote più grandi, nel punto in cui si toccavano. Sofia tenne il fiato sospeso fino a quando la donna non allontanò la mano da quel meccanismo infernale. L'orologio parve bloccarsi un istante appena, poi il suono che produceva si modificò. Un ronzio più sottile, quasi stridente, e un *tac*. Quindi la rotella cadde a terra, deformata dalla pressione esercitata dalle ruote più grandi, e tutto tornò come prima.

«Visto?» esclamò Effi con un sorriso, alzandosi. Sofia tornò a respirare.

Qualcosa, su una parete laterale, era cambiato. Uno dei sostegni in legno si era aperto, rivelando una nicchia. Sofia si avvicinò piano. La torcia era puntata su qualcosa che emetteva un fioco luccichio polveroso.

«Ed ecco... la Padrona dei Tempi!» annunciò Effi trionfante.

6
Effi incontra Effi

La Padrona dei Tempi era appoggiata sul tavolo, nella cucina di Effi. Faceva uno strano effetto, in quel contesto. Sembrava un oggetto piovuto da un'altra dimensione. Il professor Schlafen, Effi, Sofia e Lidja erano seduti intorno al tavolo, e la guardavano rapiti. Sofia pensò che nel complesso la scena doveva essere piuttosto curiosa vista dall'esterno: quattro persone incantate a contemplare una polverosa clessidra.

Già, perché la Padrona dei Tempi, a dispetto del nome, sembrava uno di quegli aggeggi vecchi e inutili che in genere si trovano nelle soffitte delle nonne. Era coperta da un tale strato di polvere che non si riusciva nemmeno a capire di che colore fosse il sostegno, né a vedere il contenuto attraverso l'ampolla di vetro.

«Forse dovremmo pulirla un po'...» suggerì Sofia.

Effi si alzò e andò a prendere uno straccio dal lavandino della cucina. In religioso silenzio e con gesti misurati, si mise a spolverare la clessidra, evitando accuratamente di capovolgerla. Pian piano, i suoi contorni e il suo aspetto andarono delineandosi meglio.

Era alta una ventina di centimetri, e pesava quel tanto che consentiva di reggerla con una mano sola. Il sostegno era costituito da due tronchi stilizzati: intorno a uno si avvolgeva un drago, intagliato in un legno chiaro, forse acero; i rami erano ornati da fiori di vario genere, e sembravano pulsare di vita. Intorno all'altro, invece, si avvolgeva una viverna scurissima, probabilmente in ebano, e sulla sua corteccia erano abbozzate solo spine e foglie secche. A eccezione delle sculture dei due animali, il resto doveva essere stato intagliato nella corteccia dell'Albero del Mondo, perché ne sentivano promanare un potere benefico, seppure lieve e soffocato. L'ampolla, incastrata tra i due animali, poteva girare intorno a un perno che congiungeva i due tronchi. Emanava riflessi ambrati, e al suo interno si vedeva un liquido purissimo e dorato. Splendeva in modo incredibile, in forte contrasto con il resto, che continuava a sembrare vecchio e ammuffito nonostante l'accorta opera di pulizia di Effi.

Il professore analizzò attentamente l'oggetto.

«L'ampolla dev'essere fatta con resina dell'Albero del

Mondo cristallizzata, mentre il materiale al suo interno è resina liquida. Questo è un oggetto eccezionale» concluse, gli occhi che gli brillavano e la voce che quasi tremava dall'emozione.

«Perché allora il potere che percepisco è così debole?» chiese Lidja.

«Perché lo è l'Albero del Mondo. Questo è il suo legno, e dentro non vi scorre vita, come nella Gemma. È normale che tu lo avverta come un oggetto quasi inerte. Ma ti assicuro che se l'Albero del Mondo fosse nel pieno del suo potere, questa clessidra ci apparirebbe in tutt'altra luce. Non ho mai visto una reliquia così straordinaria. È inferiore solo ai frutti, quanto a potenza.»

Sofia faticava a crederci. Sembrava un oggetto così comune...

«Funzionerà?» continuò Lidja.

Effi annuì. «Non c'è niente che possa privarla del suo potere, né gli anni né la polvere.»

Rimasero in silenzio ancora un po', infine fu Lidja a rompere gli indugi: «Allora direi di usarla, no?»

Tutti si guardarono. Improvvisamente a ognuno di loro apparve chiaro quanto enorme fosse quello che si apprestavano a fare. Era roba che si leggeva nei libri di fantascienza, il sogno del perfetto scienziato pazzo. A Sofia venne in mente un romanzo che aveva letto una volta sull'argomento. Era la storia di un tizio che tornava indietro nel tempo solo per ammazzare suo nonno, che considerava un bruto indegno di vivere. Ma se uccideva suo nonno, si era chiesta, poi come avrebbe fatto lui a esistere?

Le scese un brivido lungo la schiena. Adesso capiva perché quella era un'arma pericolosa, da usare solo in caso di estrema necessità. Tutti i discorsi di Effi e del professore sulle difficoltà di cambiare il passato risultavano limpidi.

«Come funziona?» domandò, solo per spezzare quella tensione estrema che si era insediata tra loro.

Effi prese in mano la clessidra. «La si gira, e ogni giro è un giorno indietro nel tempo. Solo chi la tocca mentre viene capovolta può viaggiare nel tempo e mantenere i ricordi del presente.»

«Quindi dobbiamo girarla tutti e quattro insieme» intuì Sofia.

«Se vogliamo viaggiare tutti, sì.»

«Direi che è necessario» disse il professore. «Tu, Effi, sei l'unica a conoscere Karl e le sue abitudini, e voi due siete indispensabili per combattere contro Nida.»

«E di quanto torniamo indietro?» chiese Lidja.

Il professore guardò Effi.

«Non so esattamente quando Karl abbia iniziato ad essere davvero in pericolo...» disse lei.

«Cerca di ricordare se è successo qualcosa di strano, negli ultimi giorni, qualcosa cui magari all'inizio non avevi fatto caso, ma che potrebbe essere stato un campanello d'allarme...»

La donna abbassò lo sguardo, sforzandosi di fare mente locale. «Non vi ho parlato di una particolare abilità di Karl. Aveva delle visioni, in cui Aldibah comunicava con lui. Il loro legame era così forte che il suo drago poteva trasmettergli non solo parole di conforto, ma anche immagini e sensazioni. Lo visitava per lo più in sogno e gli mostrava magnifici draghi, scorci dei meravigliosi paesaggi di Draconia, cieli infiniti che gli infondevano speranza.»

Sofia non trovò nulla di particolare in quell'abilità: anche lei, all'orfanotrofio, sognava di volare attraverso cieli limpidissimi, sopra una città dalle torri bianche e le fontane di marmo, che somigliava alle descrizioni che il professore le aveva fatto di Draconia.

«Ma a un certo punto queste visioni sono cambiate» continuò Effi. «I paesaggi fiabeschi e i draghi sono stati sostituiti pian piano da elementi reali, riconducibili a luoghi esistenti. Piazze, città, paesi e strade... sembrava che Aldibah volesse darci delle indicazioni concrete.»

«Sulla posizione del frutto» intuì il professore.

«Esatto. Non erano mai informazioni chiare e precise, ma perlomeno ci consentivano di restringere il campo delle nostre ricerche. È stato in questo modo che abbiamo scoperto che il frutto si nascondeva in Baviera. Poi, come in uno zoom, le visioni hanno mostrato a Karl alcune strade conosciute di Monaco, così abbiamo capito che si trovava nella nostra stessa città. Ho perso il sonno su quegli indizi, cercando di trarne informazioni più dettagliate, ma inutilmente. Finché una notte nelle visioni di Karl è comparso un elemento cruciale: due leoni dorati. Ho pensato allo stemma dei Wittelsbach, la dinastia reale di Baviera, e l'ho ricollegato alla Residenz. È lì che stavo concentrando le ricerche, che nel frattempo conducevo al di fuori dei sogni di Karl, ed è lì che siamo andati… e abbiamo incontrato Nida per la prima volta.»

«E quando è successo?» chiese il professore. «Forse potrebbe essere importante per capire quando Karl ha iniziato ad essere in pericolo.»

«Poco prima che lui…» Effi non riuscì a pronunciare quella parola. «Tre giorni prima della notte a Marienplatz.»

«Direi allora che dobbiamo tornare indietro di almeno otto giorni, per avere il tempo di studiare la situazione» suggerì il professore.

Sofia e Lidja si guardarono, ed Effi parve a disagio.

«Okay, facciamolo e basta» disse Lidja, e per prima mise le mani sull'ampolla. «Wow… è… strana!»

Sofia la seguì a ruota. In effetti la clessidra le comunicava un senso di benessere, e la resina cristallizzata non era fredda al tatto, come avrebbe lasciato supporre il suo aspetto vetroso. Emanava un tepore piacevole, come quando dopo aver giocato a mani nude con la neve le si mette vicino al fuoco. Era un calore che sapeva di casa.

La resina liquida, all'interno, iniziò a vorticare.

«Si è attivata» disse Effi, e mise anche lei la mano sull'ampolla.

Il professore fu l'ultimo. «Otto giri, ricordatevelo. Dobbiamo farli in senso antiorario, per tornare indietro nel tempo. Poi molleremo la presa tutti assieme, d'accordo?» raccomandò.

Tutti annuirono. La tensione era palpabile.

«Al mio tre» disse il professore. «Uno…»

Sofia trattenne il fiato.

«Due… tre!»

Girarono perfettamente all'unisono, come se fosse una sola la mano che agiva sulla Padrona dei Tempi. Ciascuno sentiva i tendini degli altri contratti, e il sottile velo di sudore sui palmi. Sofia chiuse gli occhi, ma una forte pressione alle orecchie e sulle palpebre glieli fece aprire quasi subito. Intorno a lei esplose un indistinguibile caos di rumori e colori. Era come se ogni cosa si sciogliesse e colasse, come in un quadro su cui qualcuno avesse gettato della trementina. Tutto attorno a lei divenne confuso, tranne la clessidra e i volti dei suoi compagni di viaggio.

Poi, sotto quella patina disciolta, apparve di nuovo il mondo, ma non come lo conosceva. Le sembrava di guardare un film che si riavvolgeva a incredibile velocità. Il sole sorgeva e tramontava dalla finestra in un lampo, alternandosi con la luna in un ciclo folle. Pioggia, sole, nuvole, stelle. Intorno a lei, l'ombra di persone che si muovevano velocissime. Le venne la nausea, e pensò di mollare e uscire da quella specie di incubo. Ma la sua mano era stretta dalle altre sulla clessidra, e Sofia non poteva liberarsi. Ma in ogni caso, anche se avesse potuto, non *doveva*. Era necessaria alla missione, e aveva l'obbligo di resistere.

Un ultimo giro, la resina vorticò ancora un po' nella clessidra, e poi il mondo intorno a lei inchiodò e si fermò. Fu proprio come quando un autobus frena bruscamente. Sofia, il professore, Lidja ed Effi furono sbalzati in avanti, mentre di colpo mollavano tutti assieme la presa. Sofia cadde addirittura a terra, sulle mattonelle della cucina. Sentì un conato di vomito salirle in gola, ma riuscì miracolosamente a trattenerlo.

Si guardarono l'un l'altro, tutti con lo stesso interrogativo dipinto sul volto: aveva funzionato?

Effi si alzò per prima e si avvicinò al davanzale della finestra. E allora la vide. La sequela di tetti imbiancati, sotto la luce pallida di un cielo completamente nero. Neve. Il suo sguardo volò al calendario: segnava il 22 febbraio.

«*Wir haben's geschafft!*» esclamò.

«Ce l'abbiamo fatta» tradusse il professore, intercettando lo sguardo interrogativo di Sofia e Lidja.

«Ricordo che una settimana fa nevicava... Ci siamo riusciti!» esultò Effi.

«Capperi... ha funzionato...» disse piano Lidja alzandosi in piedi. Si teneva una mano sulla fronte, ed era pallida. Evidentemente anche lei era provata dal viaggio nel tempo.

«State tutte bene, sì?» chiese il professore.

Effi, Sofia e Lidja annuirono poco convinte. Non era stato piacevole per nessuno, a quanto sembrava.

Poi sentirono un suono di risate su per le scale. Tutti rimasero gelati al proprio posto. Il rumore di una chiave che girava nella toppa seguì quasi immediatamente, e allora capirono di non aver considerato una cosa ovvia.

«Siamo io e Karl» mormorò Effi terrorizzata. «Siamo io e Karl che torniamo dal cinema... è il 22 febbraio... e io sto per incontrare me stessa!»

Sofia ricordò il racconto dell'uomo che uccideva il nonno, e anche qualcosa di vago a proposito del paradosso temporale. E adesso?

«Via, via!» esclamò il professore mentre la porta si apriva e le voci si facevano sempre più vicine. Fu Effi a guidarli in una stanza vuota. Li spinse dentro e con la massima cautela si chiuse la porta alle spalle.

Rumore di passi sul parquet, ancora voci. Quella di Effi, ormai nota, che parlava con una gaiezza che il professore, Lidja e Sofia non le avevano mai sentito, e quella più sottile di un ragazzino. Karl. Sofia avvertì un senso di vertigine. Karl, il poveretto la cui bara aveva visto calare nella fossa il giorno prima. Karl, che rideva spensierato e non aveva idea di avere davanti a sé solo pochi miseri giorni da vivere.

"Ma non sarà così. Siamo qui per questo" si disse.

Non resistette alla curiosità. Accostò appena la porta e diede una sbirciata. Intravide un tipo piuttosto basso e grassoccio, con biondissimi capelli ricci. Qualcosa a metà tra lo stereotipo del ragazzino tedesco medio e una pubblicità di merendine. Indossava un paio di occhiali di plastica orrendamente grossi e fuori moda.

Li vide muoversi per la casa, lui ed Effi, del tutto ignari che quattro persone venute dal futuro fossero nascoste dietro quella porta.

Il professore accostò la fessura, impedendole di vedere oltre.

«Non è saggio» la rimproverò in un sussurro, indicando Effi. Era bianca come un cencio. Poi la poca luce che filtrava si spense, e rimasero al buio. «Va tutto bene, non ci scopriranno» la rassicurò il professore.

Effi mormorò uno *"ja"* poco convinto. «Non è questo… è che… lei è me… è strano…»

«Lo so, lo so, ma adesso ce ne andremo e tu avrai tutto il tempo per abituarti all'idea. Qui dove siamo?»

Effi sembrò tornare appena presente a se stessa. «Nello sgabuzzino.»

«C'è una via d'uscita?»

«No… solo la porta.»

Oltre l'uscio, ancora rumore di passi e voci.

«C'è qualche ragione per cui tu o Karl possiate entrare qui dentro?»

«No… non credo… spero… Qui c'è tutta roba che in genere non usiamo. Penso che ce ne andremo a letto tra poco.»

«Ricordi questa serata? Cos'avete fatto?» la incalzò la voce di Lidja.

«Siamo andati al cinema, siamo tornati a casa, e poi ci siamo messi a letto» rispose Effi, sforzandosi di ricordare.

«Perfetto. Allora aspetteremo che vi corichiate, e poi ce ne andremo» stabilì il professore.

«Ci sentiranno aprire e chiudere la porta» obiettò Lidja.

«E chi ha parlato di porte?» replicò lui.

Non dovettero attendere molto. Meno di mezz'ora dopo, nell'appartamento scese il silenzio. Attesero un'altra mezz'ora per precauzione, poi decisero che era il momento di andare.

«Karl di notte si alza?» chiese il professore.

«A volte, non sempre» rispose Effi.

Il professore impugnò la maniglia e l'abbassò piano piano. «Che l'Albero del Mondo ce la mandi buona...» si augurò guardandosi attorno.

La casa era deserta e non si sentiva volare una mosca. Dalle finestre entrava la fioca luce dei lampioni.

«Toglietevi le scarpe» sussurrò.

Si misero a camminare in punta di piedi, fermandosi a ogni scricchiolio del parquet, cercando di fare attenzione.

Due adulti e due ragazzine che si muovevano come sulle uova, neanche stessero giocando a nascondino; senza contare che a due metri dormiva la copia esatta della donna bionda che camminava scalza, quatta come un gatto: una scena buffa, se la situazione non fosse stata così drammatica.

«Qual è la stanza più lontana dalle vostre camere?» chiese ancora il professore, sempre sottovoce.

«La cucina» mormorò Effi.

Fantastico. Tutta quella fatica, e dovevano tornare da dove erano venuti.

Ci misero dieci minuti buoni per raggiungere la cucina, e furono tutti grati quando sentirono sotto i piedi il freddo delle mattonelle. Un paio di gemiti del legno, prima, li aveva costretti a fermarsi, ma per fortuna nessuno si era svegliato.

Il professore accostò la porta alle loro spalle, poi andò rapido alla finestra. La spalancò, e una ventata di aria gelida penetrò all'interno.

«Ce ne andremo da qui. Lidja, Sofia, abbiamo bisogno di voi.»

Entrambe annuirono all'istante. Bastò loro chiudere gli occhi: i nei sulla fronte pulsarono e si accesero di una brillante luce verde quello di Sofia, e di una calda luce rosata quello di Lidja. Poco dopo, enormi ali di drago spuntarono sulle loro spalle.

«Sofia, tu prendi Effi, mentre Lidja prenderà me. Giusto il tempo di arrivare in strada e depositarci a terra, lo so che non ce la fareste a trasportarci più lontano» disse il professore.

Le due ragazze annuirono.

Partì per prima la coppia Lidja e Schlafen, e poi Sofia con Effi.

«La finestra, Sofia!» le disse il professore, e lei, ferma in volo col peso di Effi che la trascinava verso il basso, fece uno sforzo immane per cercare di chiuderla dall'esterno.

«Non ci riesco, prof...» si arrese. Poi un'anta le scappò di mano, e ne venne fuori un fracasso infernale. Sofia rimase così sbalordita che perse quota quasi di un metro.

«Via, via!» urlò il professore, e Lidja schizzò lontano, seguita a ruota dall'amica.

La città si stese ai loro piedi, addormentata sotto una gelida coltre di neve. E neve cadeva anche dal cielo, lieve e impalpabile come farina. Il silenzio era assoluto. Atterrarono vicino alla fermata della metro, in un freddo polare. Solo quando furono sotto, al caldo del tunnel, tirarono un sospiro di sollievo.

No, non sarebbe stato per niente facile.

7
Le pedine si muovono

Al mattino si rifugiarono in un grande magazzino della città, per decidere il da farsi. La notte avevano dormito qualche ora in un ostello, lo stesso dove avrebbero prenotato una camera nel futuro: a Sofia girava la testa con tutti quegli spostamenti temporali. Trovare un posto libero a quell'ora della notte non era stato facile, ma per fortuna c'erano riusciti.

Faceva un freddo terribile. Il grande magazzino era un palazzone situato proprio davanti alla stazione dei treni. Dentro, in un tripudio di luminarie e lampade al neon, il riscaldamento era acceso al massimo, tanto che quando superarono la porta a Sofia quasi mancò l'aria: una ventata di caldo torrido la investì in pieno.

Fecero colazione in un ristorante all'ultimo piano, vicino a una finestra che guardava sulla stazione e sul suo grosso orologio. La neve continuava a cadere lenta e fitta. Sofia non riusciva a scollare gli occhi dal vetro. Ricordava la neve a Benevento, un mese prima – si corresse: *tre settimane prima,* ora che era tornata indietro nel tempo – ma era in qualche modo diversa da quella. Allora aveva visto una città addormentata, come sotto l'effetto di un incantesimo. Adesso invece scorgeva i tram sfrecciare come al solito, e la gente passeggiare indaffarata per le strade come se nulla fosse. Eppure era così bella quella coltre bianca, così magica, che pensava tutti dovessero fermarsi a contemplarla.

«Non possiamo restare nell'ostello. Non abbiamo idea di cosa accadrà, dobbiamo trovare un rifugio isolato in cui poterci muovere senza essere notati» stava dicendo il professore. «Per questo ci trasferiremo in una casa in periferia che Effi ha ereditato da uno zio che è mancato qualche tempo fa. Segnatevi la posizione sulla piantina, ci andremo oggi stesso. Stasera, quando rientrerete, avrete una cameretta tutta per voi, e di questo dobbiamo ringraziare la nostra amica» aggiunse, sorridendo alla Custode.

Lei ricambiò timidamente, e Sofia sentì il consueto groppo in fondo allo stomaco. Non voleva ammetterlo, ma era gelosa dell'intimità che si stava creando tra quei due. Eppure doveva riconoscere che Effi non era male:

durante le ore di appostamento al museo aveva avuto modo di conoscerla meglio e di apprezzarne le doti. Ed era proprio questo a irritarla ancora di più.

«Ora dobbiamo organizzare il lavoro» continuò il professore. «È necessario chiarire due punti: Karl aveva già trovato il frutto al momento del delitto? Aveva intrapreso una ricerca solitaria di cui Effi era all'oscuro? Secondo: in che modo Nida è entrata in scena? Aveva intuito le intenzioni di Karl e gli ha teso una trappola, o è stato Karl a inseguirla? Questo è fondamentale per capire dove si trova il frutto, oltre che per salvare il Draconiano.»

Tutti si erano fatti attenti.

«Qui entrate in gioco voi» disse il professore rivolto alle due ragazze.

«Io mi occupo di Nida» si offrì prontamente Lidja. Sofia poteva capirla: quando avevano cercato il primo frutto, Nida l'aveva fatta prigioniera e l'aveva assoggettata, rendendola schiava di Nidhoggr con gli innesti metallici che la viverna usava a quello scopo. Lidja aveva un conto aperto con lei.

«Perfetto» approvò il professore. «Sappiamo che domani sarà alla Residenz, ma non possiamo permetterci di aspettare: dobbiamo intercettare i suoi movimenti il prima possibile, perché qualunque esitazione potrebbe essere fatale. Il tuo compito non è semplice: devi cercare tracce di lei, seguirla e capire le sue intenzioni. Durante la nostra avventura a Benevento non l'abbiamo mai incontrata, il che mi fa sospettare che sia qui da parecchio. Devi trovarla al più presto.»

Lidja annuì con convinzione, già proiettata verso la missione. Lei era così: decisa, sicura, sempre pronta all'azione. Sofia si disse che al posto suo si sarebbe messa le mani nei capelli. Monaco era una città immensa, cercare una persona tra tutta quella gente le sembrava un compito assolutamente improbo.

«A te spetta dunque il pedinamento di Karl» aggiunse il professore girandosi verso Sofia. «Stagli vicino, cerca di capire le sue abitudini, guarda cosa fa. In questo Effi potrà aiutarti. Se necessario, puoi anche avvicinarlo: lui non ha idea di chi tu sia.»

Sofia annuì, gettando un'occhiata fugace alla donna. Di nuovo le toccava lavorare con lei.

«Bene» disse infine il professore appoggiando le mani sul tavolo. «Non sarà facile, ma se ci mettiamo tutti d'impegno sono sicuro che riusciremo a evitare il peggio. Cominceremo subito. Non abbiamo molto tempo.»

Lidja decise di iniziare con un giro per alberghi nei pressi della Residenz.

«Sarà anche un'emanazione potentissima di Nidhoggr,

ma Nida dovrà pur dormire come tutti gli altri» disse. Aveva schizzato un suo ritratto, che Sofia trovò straordinariamente somigliante alla vera Nidafjoll.

«Non sapevo sapessi disegnare così bene» commentò ammirata.

«Ho dei talenti nascosti» replicò l'altra strizzandole l'occhio.

"Già, oltre agli innumerevoli talenti manifesti" pensò Sofia. Faceva ormai parte della loro amicizia quella benevola invidia che continuava a provare per lei. Sentiva che per quanto potesse allenarsi e vincere le proprie paure, Lidja sarebbe stata sempre un passo avanti, e questo le piaceva. Era nell'ordine delle cose.

Per quel che riguardava la missione di Sofia, Effi la prese da parte e si mise a scriverle appunti su un foglio. Erano le abitudini di Karl: a che ora usciva, cosa faceva durante il giorno, quello che avevano fatto insieme fino a quel momento.

«La ricerca del frutto l'ho portata avanti soprattutto io. Lui, quando non c'ero, si allenava.»

«Andava in palestra?» chiese Sofia.

Effi ridacchiò. «No, non è il tipo... si allenava con i poteri. Nel garage.»

Sofia pensò ai suoi, di allenamenti, nel *dungeon* sotto la villa del professore. Si chiese se i vicini si domandassero cosa ci faceva un ragazzino di tredici anni chiuso per ore nel garage, dal quale di sicuro dovevano sentir provenire rumori strani durante l'allenamento.

«Per i primi giorni questi sono i suoi orari. Tieni anche una foto, nel caso non ti ricordassi bene il suo viso.»

Sofia mise in tasca la foto e guardò il foglio. Ordinato, precisissimo, a ogni ora del giorno era appuntata l'attività che Karl svolgeva di solito. C'erano l'indirizzo della sua scuola, la via che percorreva per andare a casa, il negozio di fumetti dove passava una buona metà del suo tempo libero e un sacco di altre informazioni.

"Molto tedesco..." pensò, domandandosi se certi stereotipi non avessero poi un fondo di verità.

«Adesso è a scuola» disse Effi guardando l'orologio. «Esce alle quattro del pomeriggio.»

«Quindi sono libera fino a quell'ora» osservò Sofia.

Effi annuì.

E lo sarebbe stata anche per i giorni a venire, se Karl rispettava sempre quegli orari. A quanto pareva il suo non sarebbe stato un compito così gravoso. E avrebbe avuto un sacco di tempo solo per sé.

Sofia fece un giro per Monaco. Le sembrava il modo migliore per passare la mattinata. Si procurò un biglietto giornaliero per i mezzi pubblici e salì sul primo tram.

Contemplò la città scorrere dai finestrini: Karlsplatz o, come diceva la voce della signorina che annunciava le fermate, Stachus, pronunciato in un modo assurdo che non le riusciva di ripetere. C'era una pista di pattinaggio al centro della piazza, gremita di bambini piccoli aggrappati a pupazzi di orsetti con gli sci che li aiutavano a non cadere. Da un lato si affacciava il Justizpalast, il Palazzo di Giustizia, un'elegante costruzione in stile barocco con una grande cupola di ferro e vetro mezzo coperta dalla neve. Poi vide sfilare la Sendlinger Tor, una delle antiche porte della città, con le sue imponenti torri di mattoni dal fascino medievale.

Infine scese dal tram e, cartina alla mano, se ne andò all'Englischer Garten, il parco pubblico della città. Si fermò sotto la Chinesischer Turm, una specie di grossa pagoda di legno al centro del giardino, vicino a un piccolo torrente. Sotto la neve faceva un effetto straniante. Ma le piaceva, perché, a parte un chiosco che vendeva *Glühwein* e qualche dolce, non c'era nessuno. Prese una tazza di quel vino cotto aromatizzato, caldissimo e profumato, anche se il professore probabilmente non avrebbe approvato. Ma aveva troppo freddo, e il profumo era così invitante che decise di fare uno strappo, e si sedette godendosi la bevanda.

Finalmente poteva starsene un po' in pace, da sola.

Ne sentiva il bisogno. Era accaduto tutto talmente in fretta... Neppure una settimana prima si godeva i primi tiepidi raggi del sole di fine inverno dalla finestra della sua camera, e adesso era a mille chilometri da casa, con una temperatura rigidissima. La mente corse a Fabio e a quel suo ultimo saluto. Dov'era in quel momento? Lo pensava ancora. Inesorabilmente. Non si era trattato di un invaghimento passeggero. Quel peso allo stomaco, quella sensazione dolce e amara non sarebbe andata via tanto presto.

Fabio si strinse nel cappotto. Aveva scoperto di avere un po' di risparmi messi da parte da sua madre in un libretto postale. Non tantissimi, ma sufficienti a garantirgli copertura per qualche mese di caccia. E i primi li aveva investiti in quel bel cappotto.

Dopo che Sofia e i suoi amici avevano lasciato Benevento, aveva pensato di tornare alla sua vita di sempre. Ma quale vita? Andare di nuovo in istituto era fuori discussione. Ne aveva abbastanza di quello schifo. Lì non aveva neppure un amico, né qualcosa da rimpiangere.

Aveva anche valutato l'idea di seguire quel tizio, Schlafen. In fin dei conti, non era quello il suo destino? E i suoi poteri non servivano a riportare la pace nel mondo o qualcosa del genere? E poi la vita di Sofia e Lidja non sembrava tanto male. Un tetto sopra la testa, pasti garantiti e qualche legame cui appigliarsi nei momenti brutti. Ma non si sentiva ancora pronto. No, non si vedeva nelle vesti di salvatore del mondo, e non aveva voglia di buttarsi nel lavoro di squadra con Schlafen e le due ragazze. Obbedire a qualcuno, eseguire i suoi ordini e fingere di far parte di un gruppo... non erano cose che lo attiravano.

No, c'era una sola cosa che voleva, che *sentiva* di dover fare: vendicarsi. Questo era nelle sue corde, questo avrebbe fatto. Ratatoskr l'aveva ingannato, Nidhoggr l'aveva usato e poi gettato via. Certo, sapeva di non poter sconfiggere la viverna da solo. Aveva sperimentato gli effetti del suo sterminato potere, ed era ben consapevole che quella era una battaglia che poteva condurre soltanto assieme agli altri Draconiani. Con Ratatoskr però era diverso. Era forte, sì, ma non abbastanza. E dopo aver usato il frutto, quando aveva salvato la vita a Sofia, Fabio sentiva che i propri poteri erano aumentati. Inoltre, il periodo come Assoggettato, pur essendo stato molto duro, aveva avuto una conseguenza positiva: gli aveva dato un controllo pressoché totale su quei poteri. Sì, Ratatoskr era decisamente alla sua portata, e meritava di pagare per quello che gli aveva fatto.

Si era messo sulle sue tracce non appena aveva capito che vendicarsi di chi l'aveva ingannato era l'unica missione cui volesse dedicarsi. Dopo lo scontro che avevano avuto, però, Ratatoskr era scomparso dalla scena, e l'impresa non era stata facile. Fabio l'aveva cercato ovunque. Non c'era voluto molto per capire che né lui né Nidhoggr erano più a Benevento. Qualcosa li aveva fatti muovere. Per andare dove, non avrebbe saputo dirlo.

Così era finito a Roma, là dove tutto sembrava essere cominciato. Là c'era la villa di Schlafen, là era stato rintracciato il primo frutto.

Gli ci volle un po' per trovare il posto. Ma l'aver già avuto a che fare con Nidhoggr e i suoi, l'essere stato un Assoggettato, doveva aver cambiato qualcosa in lui. Perché ora *sentiva* in qualche modo la presenza della viverna. E fu così che trovò il vecchio prato spelacchiato ai margini della città, vicino a una discarica. Era incredibile quanto somigliasse al posto in cui lui e Ratatoskr si incontravano a Benevento. Stessa aria miseranda, stesso senso di degrado. Nidhoggr amava ciò che era lurido e corrotto.

Lo vide arrivare da lontano, con il suo passo felpato e la sua andatura sicura. Sentì un'ondata di odio invaderlo non appena lo scorse. Il suo abbigliamento ricercato, da dandy, il modo affettato con cui si ravviava i capelli castani, il suo volto perfetto. C'era qualcosa di nuovo sul suo viso, però. Una larga cicatrice ne attraversava tutta la parte destra, come un'enorme bruciatura. Fabio fu tentato di intervenire subito. Si era preparato, era pronto, poteva farcela. Chiuse gli occhi, e il neo sulla sua fronte pulsò di un giallo dorato mentre già sentiva le fiamme di Eltanin incendiargli il petto. Ma all'improvviso percepì una sensazione di gelo e sgomento. Aprì gli occhi: i lampioni si erano spenti.

Ratatoskr stava dicendo qualcosa, qualcosa che Fabio ricordava bene: la formula di evocazione. Stava chiamando Nidhoggr.

L'ombra del giovane tremò e iniziò a espandersi, finché non inglobò tutto il desolante panorama lì intorno, avvolgendolo in un buio denso e impenetrabile. Fabio ne fu inghiottito.

Poi vide emergere lentamente dal nero la viverna; i suoi lineamenti, ancora più netti dell'ultima volta, si stagliarono sul buio. Prima i suoi occhi rossi, poi il nero lucente della corazza di squame. Infine il ghigno crudele della sua bocca, una chiostra di denti affilatissimi.

Fabio dovette ammettere con rabbia di avere paura. Un brivido di terrore gli scese giù per la schiena, paralizzandolo. Persino Eltanin sembrava essersi dileguato chissà dove, lasciandolo solo e nudo di fronte al potere della viverna, un potere persino più forte di quanto non ricordasse. D'istinto si fece piccolo, cercando di nascondersi, sebbene fosse lontano dal luogo dell'appuntamento.

«Mio Signore, eccomi, come volevate» disse Ratatoskr cadendo in ginocchio.

Nidhoggr sogghignò. «Ebbene? Hai fatto quanto ti avevo chiesto?» La sua voce faceva l'effetto di una lama che affonda nella carne.

«Sì, mio Signore. Non è stato facile, ma credo di aver trovato il modo.»

Nidhoggr esplose in una risata lunga e soddisfatta, ancora più terribile della sua voce. «Bene. Mi hai profondamente deluso di recente, lo sai.»

Ratatoskr si portò d'istinto la mano alla cicatrice sul volto. «Credevo di aver pagato...» mormorò.

«Nessuno paga mai abbastanza quando mi delude, e voi l'avete fatto già due volte. Ma tu adesso tornerai da me con uno splendido dono, e per questo ti darò ancora una possibilità.»

«Grazie, mio Signore, grazie!» esclamò Ratatoskr con trasporto.

«Nidafjoll è vicina alla meta. Ma adesso ha bisogno di te. Tieni. Questo oggetto vi sarà di grande aiuto.»

Fabio cercò di vedere quello che la viverna depose con solennità nelle mani della sua creatura, ma non riuscì a capire cosa fosse.

Ratatoskr rispose con uno sguardo estasiato: doveva trattarsi di un oggetto molto prezioso. Nidhoggr non disse una parola, come se il suo sottoposto già sapesse di cosa si trattava, e come dovesse usarlo.

«Va' da lei, ora.»

«Sì, mio Signore.»

«E ricorda: stavolta non ammetto fallimenti, di nessun genere. Come vi ho creati, così sono in grado di distruggervi.»

Il buio si dissolse all'improvviso, e Fabio si ritrovò nel prato, nascosto dietro un cespuglio di cardo. Si sentiva come se fosse stato in apnea troppo a lungo e fosse appena uscito dall'acqua.

Ratatoskr si tirò su. Fabio percepì di nuovo un odio forte, immenso. Ma ora non poteva attaccarlo. Cosa aveva in mano? Perché Nida aveva bisogno di lui? Vendicarsi adesso non avrebbe avuto senso, se poi questo avrebbe portato il nemico alla vittoria.

Digrignò i denti, ma sapeva cosa andava fatto. Non appena Ratatoskr si voltò per andarsene, lo seguì.

8
Alle costole di Karl

Sofia rimase nel parco a lungo. Aveva bisogno di pensare, e in quel momento di cose da mettere in ordine nella testa ne aveva molte. Alla fine si alzò dalla panchina persino un po' in ritardo per intercettare Karl all'uscita di scuola.

Salì di corsa sull'autobus e si infilò in volata nella metro. Ancora non si era abituata a prendere i mezzi pubblici. A Roma non l'aveva mai fatto, e comunque nella sua città le linee della metropolitana erano solo due; lì ce n'era un numero spropositato, e si avvinghiavano sulla cartina in modo inestricabile. Blu, rossa, verde, U-Bahn, S-Bahn – che ancora non aveva chiaramente capito in cosa si differenziassero – e poi capolinea dai nomi impronunciabili…

Ovviamente prese la direzione sbagliata, e se ne accorse a metà corsa. Scese in fretta e furia, gli occhi incollati all'orologio, cambiò direzione rischiando di venir travolta dalla folla che usciva dai vagoni. Era l'ora di punta pomeridiana, quella in cui tutti tornavano dal lavoro.

Quando arrivò, la piccola piazza davanti alla scuola era deserta. Erano già andati via tutti. Sofia aveva il fiatone, e per correre fin lì era anche scivolata sul ghiaccio. Provò a chiedere informazioni a qualcuno. Ingenuamente partì con l'italiano, e ricevette in risposta uno sguardo perplesso: aveva dimenticato di essere all'estero. Urgeva spolverare le sue scarse conoscenze di inglese.

Aveva un vago ricordo delle lezioni a scuola: l'argomento la interessava pochissimo, per cui non si era mai applicata più di tanto. Il professore aveva sempre insistito perché lo studiasse, e l'aveva anche interrogata abbastanza spesso. Ma questo non aveva aumentato il suo amore per una lingua di cui non subiva in alcun modo il fascino. Già il fatto che gli inglesi mettessero sempre l'aggettivo prima del nome le sembrava una cosa contro natura, manco parlassero tutti come Yoda di *Guerre Stellari*.

In ogni caso, si sforzò. «*I am searching this boy*» disse con una pronuncia stentata quanto la sintassi, mostrando la foto di Karl.

Aveva davanti uno spazzino che stava tentando di

eliminare proprio una di quelle lastre di ghiaccio che l'avevano fatta scivolare. Il tizio non parlava molto meglio di lei. Scosse la testa e alzò le spalle. «*I don't know*» disse, e le suggerì a gesti di provare a chiedere a qualcuno dentro la scuola.

Sofia entrò titubante. C'era una bidella, o qualcosa di simile, nello specchiatissimo androne. Ripeté la domanda, e stavolta si trovò davanti una donna dall'accento quasi oxfordiano, tanto che dovette farsi ripetere la risposta due volte.

Sì, lo conosceva, era Karl Lehmann, ed era uscito insieme a tutti gli altri.

Sofia ringraziò, rassegnata. Poteva fare una cosa sola: andare a casa di Effi e pregare che Karl fosse lì, e non avesse combinato qualcosa in quell'ora e passa in cui se l'era fatto sfuggire.

Fu per puro caso che, camminando, gettò uno sguardo dentro alcune delle vetrine che si affacciavano sulla strada. E si bloccò. Un ragazzino biondo e cicciottello occhieggiava tra scaffali colmi di libri. Karl.

Sofia rimase di sasso. Lassù qualcuno l'amava.

Voleva entrare senza farsi notare, ma appena aprì la porta suonò un campanello, e tutti gli avventori si girarono. Compreso Karl. Fu la prima volta che si guardarono. Gli occhi azzurri di quel ragazzino nei suoi. E il neo sulla fronte. Il neo che tutti i Draconiani avevano, che li distingueva dagli altri. L'Occhio della Mente.

Sofia abbassò subito lo sguardo, andò verso uno scaffale e afferrò il primo volume che si trovò di fronte. Era un tomo gigantesco dalla copertina gialla e nera, con sopra uno smile con uno schizzo di sangue sulla fronte. Quando lo aprì, capì di non essere in una libreria. Un negozio di fumetti, ecco cos'era. Si guardò attorno, e vide giornalini e graphic novel a perdita d'occhio.

Non era mai stata una vera appassionata del genere. Leggeva con costanza *Topolino*, che la divertiva molto, e aveva iniziato a seguire il manga delle Mermaid Melody, ma per il resto quello dei fumetti era un mondo a lei del tutto sconosciuto.

Probabilmente si trovava nella sezione comics americani, perché tra tizi in calzamaglia di vario genere aveva identificato quello che doveva essere uno Spiderman e un inequivocabile Superman. Non aveva idea, invece, di cosa fosse il librone che aveva in mano, di gran lunga il più grosso e pesante dello scaffale.

"Ovviamente, ho scelto proprio quello che passa più inosservato..."

Finse di immergersi nella lettura, ma cercava soprattutto di tenere sotto controllo Karl. Che, per parte sua, era completamente assorbito da un paio di volumi che si stava gustando in piedi davanti a uno scaffale. Sotto il braccio ne aveva già un altro paio. Sofia ne spiò i movimenti per tutta la fumetteria, da quando pescò gli albi dai raccoglitori al pellegrinaggio lungo una vetrina piena di pupazzetti che riproducevano le fattezze di supereroi vari. Lo vide sospirare davanti a un Batman che in effetti era proprio ben fatto. Per caso vide che c'erano anche tre riproduzioni delle Mermaid Melody veramente splendide. Si incantò qualche secondo a guardarle: non giocava più con le bambole da un po', ma quelle erano qualcosa di tutt'altro livello, erano sculture vere e proprie. Pensò a come sarebbero state bene in camera sua, di fianco a qualche statuetta di drago.

Fu allora che sentì qualcuno apostrofarla. Sussultò, e il libro le cadde di mano finendo a terra con un tonfo che fece girare mezza fumetteria.

«Cavoli!» esclamò, chinandosi immediatamente a raccoglierlo.

Peccato che Karl avesse avuto la stessa idea, e si scontrarono a venti centimetri da terra.

«Oddio, scusami, io...» balbettò Sofia massaggiandosi la fronte.

Karl ondeggiò un po', quasi la pancia tonda gli avesse fatto perdere l'equilibrio. Poi parve ritrovare il baricentro. «Fa niente, fa niente.»

Sofia si stupì che parlasse italiano. Poi le ritornò in mente il racconto sul tizio che ammazzava il nonno.

"Non dovrei parlare con lui! Dovrei pedinarlo senza farmi notare!"

Chissà cosa stava cambiando del futuro con la sua sbadataggine.

«Però» riprese Karl «hai buoni gusti! Bello, *Watchmen*.»

Sofia non capì a cosa si stesse riferendo e si limitò a sorridere. «Sì, sì, bellissimo.» Poi si chiuse in un ostentato silenzio, infilando di nuovo il naso nel fumetto. Karl rimase immobile davanti a lei qualche secondo, poi alzò le spalle e andò verso la cassa. Sofia lo vide impegnato in un'appassionante discussione con il proprietario del negozio, quindi pagò e uscì.

Lei chiuse il libro di colpo e sospirò. Aveva combinato un macello, ma tutto sembrava essersi risolto. Ora doveva seguirlo con discrezione.

Ripose il volume sullo scaffale, ignorò il negoziante che cercava di dirle qualcosa e uscì in strada.

Non aveva mai pedinato nessuno. Quella era roba più da Assoggettati che da Draconiani. Non aveva idea di come fare esattamente, per cui cercò di tenersi a distanza, affondò la faccia nel bavero del cappotto e assunse un'aria cospiratoria, che di certo non era il massimo per passare inosservati.

Fu un pomeriggio infruttuoso. Karl si fermò in una pasticceria, prese una super cioccolata calda e una fetta di torta come Sofia non ne aveva mai viste: bianca e rossa, altissima, farcita con una gelatina rosata molto invitante su cui si appoggiava voluttuoso un fragolone extralarge. Entrò anche lei e bevve un tè seduta a un tavolo in disparte. Quando vide Karl immerso nella lettura, sperò di essere arrivata a una svolta, ma si accorse che si trattava solo di uno dei fumetti che aveva comprato.

La tappa successiva fu la casa di Effi. Sofia ovviamente non poteva entrare, ma la donna le aveva appuntato sul foglio che davanti al loro appartamento ce n'era un altro, sfitto e abbandonato, dal quale si vedevano perfettamente tre finestre della casa di Karl, tra cui quella del salone e della sua cameretta. Le aveva persino dato un binocolo.

Entrare nella palazzina non fu difficile: era una casa di ringhiera quasi diroccata, in cui le porte degli appartamenti si affacciavano su un lungo ballatoio interno. Più problematico fu intrufolarsi nell'appartamento che le interessava: la porta era sbarrata da una grossa asse di legno, e dava l'impressione di essere chiusa da molto tempo. Sofia socchiuse appena gli occhi, e il neo sulla sua fronte si accese di riflessi verdi. Dalle sue dita spuntò un flessibile ramoscello verde, che si infilò sotto il legno divellendo i chiodi, e poi nella serratura, facendola scattare: un giochetto che le era costato molto allenamento, a suo tempo, ma che adesso le riusciva con grande facilità. La porta si aprì cigolando su due stanze piene di polvere e ragnatele. Era difficile persino distinguere il colore originario della moquette. Sofia starnutì un bel po' di volte. Anche la finestra era appannata dalla polvere, e dovette passarci sopra uno straccio che trovò in un angolo. Pulì un tondo che le permettesse di guardare verso la casa di Effi.

Individuò subito Karl. Era seduto davanti alla scrivania della sua stanza, sulla quale era poggiato un computer color argento, e sembrava molto impegnato. Sofia tirò fuori dalla borsa il binocolo e provò a guardare cosa stesse leggendo, senza riuscirci.

Il pomeriggio se ne andò così, in una noia mortale. Karl stette al computer tutto il tempo, poi, quando ebbe finito, passò ai videogame. Trascorse un'ora buona davanti al televisore a massacrare il joystick della console, presumibilmente impegnato a colpire mostri o roba del genere. Ormai Sofia aveva cominciato a capire il tipo: Karl era uno di quei maniaci di fumetti, videogiochi e mostri vari che passavano la loro vita immersi in mondi immaginari, con l'unica compagnia dei propri sogni. Un giudizio un po' sommario, forse, soprattutto considerato che anche la sua, di vita, non era poi molto diversa: se Karl si perdeva nei videogiochi e nei fumetti, lei lo faceva nei suoi amati libri di avventura. E nella missione, ovviamente. Draconia e i frutti, cose che per una persona normale dovevano apparire non meno campate in aria di orchi ed elfi, riempivano del tutto la sua esistenza.

"Ognuno ha le sue ossessioni" concluse. Iniziava a trovare simpatico quel ragazzino grassoccio.

Effi arrivò poco prima di cena, portando una serie di buste e scatolette. Cibo cinese, scoprì Sofia dopo un po'. Ringraziò che in tante case tedesche non ci fossero né tende né serrande: a Roma non sarebbe mai riuscita a spiare tanto bene qualcuno, però non stava facendo lo stesso progressi.

A quel punto, pensò che fosse ora di usare un altro piccolo trucco che aveva appreso in quei mesi di allenamento. Evocò Thuban e si concentrò al massimo. Quando aprì gli occhi, riusciva a percepire ogni rumore proveniente dalla casa di Effi e Karl.

La prima volta l'aveva scoperto per caso mentre si allenava: concentrandosi ed evocando il drago che era in lei, aveva avvertito i sensi acuirsi. In particolar modo, il mondo si era riempito di rumori, dagli scricchiolii dei mobili intorno a lei fino alla voce del professore, che si trovava in un'altra stanza. E così aveva capito: Thuban era in grado di donarle un udito particolarmente fine. Aveva cercato di fare lo stesso giochetto anche con la vista, ma ancora non le riusciva molto bene, ecco perché aveva deciso di usare il binocolo, quella sera.

Il problema era che non capiva una parola di tedesco, e quel che Effi e Karl si dicevano le risultava incomprensibile. Poco male. Tirò fuori dalla tasca una specie di biglia trasparente: la strinse tra le dita, e quella si illuminò di verde. Era un manufatto realizzato dal professore di ritorno da Benevento, in grado di registrare tutto quello che Sofia udiva: un ottimo modo per memorizzare le conversazioni che si tenevano in quella casa e farle poi ascoltare a Effi.

In verità, quella sera non sarebbe servito: a Sofia non interessava tanto quel che Karl ed Effi si dicevano, quanto piuttosto quel che Karl diceva quando non era con la madre adottiva. Era in quelle occasioni che probabilmente aveva scoperto qualcosa che poi l'aveva portato al frutto, e in seguito all'incontro mortale con Nida.

In ogni caso, si trattava di un buon allenamento e di una prova: non aveva mai testato il funzionamento di quel congegno. Per cui si sciroppò un'intera serata di incomprensibili conversazioni in tedesco, senza neppure la possibilità di distrarsi: la biglia registrava solo ciò che il suo possessore ascoltava. Se avesse smesso di prestare attenzione, avrebbe perso dei pezzi. Si tenne sveglia con dei pizzicotti e un panino che aveva provvidenzialmente comprato all'Englischer Garten. Dentro c'erano una fetta di croccante insalata e una specie di mortadella farcita con cetriolini e peperoni: molto gustosa, soprattutto se accompagnata da quell'ottimo pane integrale con semi di girasole.

Finalmente, verso le dieci, le luci si spensero. Karl rimase sveglio per un po' a leggere, steso a letto. *Der Herr der Ringe*, Sofia riuscì a leggere sulla copertina acuendo la sua vista di drago. La simpatia per lui crebbe: aveva letto *Il signore degli anelli* l'anno precedente, e l'aveva letteralmente adorato.

Mezz'ora dopo poté finalmente smontare, esausta e un po' sfiduciata. Non c'era stato nulla di interessante in quel primo pedinamento. Sarebbe stato sempre così? E poi quella storia di dover ascoltare conversazioni di cui non capiva un'acca la deprimeva. Si diresse un po' mesta alla metro per raggiungere la casa che il professore le aveva indicato sulla piantina.

9
Nida a Monaco

Lidja avanzava con gli stivali che scricchiolavano sulla neve.

Per il resto della mattinata aveva battuto i vari alberghi nei pressi della Residenz, mostrando il ritratto di Nida ai passanti dall'aria più affidabile. Se l'era cavata con il suo ottimo inglese, maturato durante i viaggi fatti con il circo, ma nessuno l'aveva vista. Forse supporre che dormisse in albergo come i comuni mortali era stata un'ingenuità. In fin dei conti, che ne sapeva lei di come si svolgeva la vita di quella creatura, se aveva bisogno di mangiare o di dormire? Non era umana, dopotutto.

Era pomeriggio inoltrato quando si accorse di avere fame. Comprò un panino in un chiosco vicino alla metro e si sedette a mangiarlo su una panchina, leggendo una guida di Monaco che aveva preso in prestito da Effi.

Ormai aveva perso la speranza di trovare Nida, meglio quindi riposarsi un po' prima di rimettersi sulla via di casa. Pian piano il muro di nubi che rendeva il cielo bianco slavato si era aperto su squarci di uno splendido azzurro. L'aria sembrava essersi leggermente scaldata: Lidja si sentì rinascere, e chiuse gli occhi godendosi quel momento di tranquillità.

Doveva essersi appisolata, perché quando li riaprì la luce era calata e l'aria si era fatta più fredda. Stringendosi nel cappotto, si alzò per andarsene. Fu allora che la vide.

La riconobbe da lontano, in mezzo ai visitatori che uscivano dal palazzo reale, in prossimità dell'ora di chiusura. Il suo passo atletico, il suo caschetto biondo. Cosa era andata a fare alla Residenz? Cosa stava cercando?

Lidja sentì una vampata di rabbia infiammarle il viso. Non poteva dimenticare il modo in cui l'aveva soggiogata e costretta a combattere contro Sofia... Anche se sapeva perfettamente che non era in sé quando l'aveva fatto, anche se era consapevole che in quel momento non avrebbe potuto fare nulla per evitarlo, si sentiva ugualmente in colpa, e l'idea di aver lottato contro la sua unica amica la faceva ancora impazzire.

Strinse i pugni finché le nocche non le divennero bianche, ma riuscì a trattenersi nonostante il desiderio bruciante di saltarle al collo.

Prese a seguirla, attenta a non farsi vedere, attraverso un dedalo di strade sconosciute. Nida camminava senza fretta, apparentemente incurante di quanto le stava intorno. Ma Lidja capiva che invece era attentissima. Il modo in cui spostava lo sguardo di qua e di là, la tensione che leggeva nel suo corpo magro e atletico erano tutti segnali chiari.

Andarono avanti così per almeno un paio d'ore. Intanto si era fatto buio e la città cominciava a spopolarsi.

A un tratto Nida guardò il cielo e affrettò il passo, come se all'improvviso si fosse ricordata di avere un appuntamento. Forse finalmente era arrivato il momento cruciale.

I lampioni, appesi a fili tirati tra una palazzina e l'altra, gettavano luci fioche sui lastroni dei marciapiedi. In alto brillava una luna perfetta, piena e limpidissima.

Nida si fermò. Si guardò intorno con aria circospetta, quindi spiccò un salto e fu in cielo.

"Maledizione!" pensò Lidja. Se iniziava a volare, non poteva far altro che imitarla, ma questo significava essere più visibili, e più facili da identificare.

Chiuse gli occhi un istante, e quando li riaprì le iridi erano gialle e le pupille allungate. Il mondo cambiò: con gli occhi di Rastaban vedeva come fosse giorno, e la luna sembrava brillare come il sole, sebbene tutto fosse illuminato da una luce debole che rendeva grigia ogni cosa. Nida era un puntino che volava a centinaia di metri da lei. A quel punto le bastò evocare le ali, che le apparvero diafane e rosate sulle spalle.

Non dovettero volare a lungo. Ben presto le luci della città sotto di loro si spensero per lasciare il posto a un buio denso, macchiato qua e là dal tenue sfavillio dei lampioni.

Infine giunsero in vista di una grande distesa alberata, percorsa da un nastro d'argento che si srotolava come un lungo serpente, borbottando piano: era un ruscello.

Quel posto non poteva essere che l'Englischer Garten, il vasto parco della città.

Pian piano gli alberi iniziarono a interrompersi per far posto ad ampie piane ricoperte di neve.

Lidja stava quasi per distrarsi, catturata dall'incanto di quel luogo, quando vide Nida scendere in picchiata.

La seguì a distanza, poi atterrò sugli stivali di pelliccia, che affondarono con un rumore attutito nella neve intatta. La meta di Nida era una collinetta, sulla quale si scorgeva quello che sembrava una specie di tempietto circolare. Il tetto era una mezza cupola e le colonne, altissime, finivano con capitelli corinzi. Era il Monopteros, aveva letto Lidja sulla guida.

Non c'era nessuno, e il silenzio era perfetto. Quel

posto, che di giorno doveva essere splendido, adesso aveva qualcosa di macabro e inquietante. O forse era la presenza di Nida a renderlo tale. La sua silhouette, nera contro il cielo illuminato dalla luna, campeggiava magra sotto il tempietto. Sembrava in attesa.

Lidja si nascose in una siepe. Aveva i brividi, ma non avrebbe saputo dire se di paura o di freddo.

Per un po' non successe niente. Nida era immobile, e così l'aria gelida intorno a lei. Poi un'ombra fece capolino dagli alberi e coagulò in una sagoma che si muoveva strisciando verso il tempietto. Lidja sentì una morsa stringerle lo stomaco. Era una figura ammantata, che salì rapida i gradini per inginocchiarsi davanti a Nida.

«Eccoti, finalmente!» Nida parlava in inglese, un inglese perfetto. «Pensavo che l'appuntamento fosse per un quarto d'ora fa.»

«Perdono, padrona» rispose la figura ammantata. La sua voce era roca, indefinibile, e Lidja non riuscì neppure a capire se si trattasse di un uomo o di una donna.

«Ebbene?»

«La ricerca continua, padrona, ma senza molti risultati. Sto facendo il mio lavoro, e spero che presto raggiungeremo il nostro obiettivo. Sappiamo che il frutto si trova qui a Monaco. Il luogo da cui inizierà la ricerca è la Residenz. Forse il Draconiano ci andrà domani.»

Nida si chinò e afferrò il volto celato dal cappuccio. Lidja percepì un gemito.

«Forse? Lo sai che io ho bisogno di dati certi, vero? Lo sai che devo fermarlo prima che abbia in mano il frutto, giusto?»

«Sì, padrona.» La voce adesso era soffocata.

«Mi auguro per il tuo bene che tu stia svolgendo con cura il compito che ti è stato affidato» disse Nida mollando di colpo il volto della figura incappucciata. «Non ho solo bisogno di sapere dove si trova il frutto. Devo anche avere il Draconiano, o la missione non sarà completa. Questo ti sia chiaro.»

«Non ne dubitate, padrona.»

Un Assoggettato. Non poteva essere altro. E sembrava sapere molte, troppe cose su Karl ed Effi. Lidja doveva scoprire di chi si trattava. Stava per farsi avanti, quando sentì un'imprecazione, e una voce dietro di lei.

«Che diavolo ci fai qui?»

10
Nel parco di notte

Lidja si voltò di scatto, la mano destra già trasformata in artiglio. Si bloccò giusto in tempo, e quello che vide la lasciò attonita.

«Che ci fai *tu* qui, piuttosto» disse con un filo di voce. «Non te n'eri andato per i fatti tuoi?»

Fabio era davanti a lei, stretto in un cappotto nero col bavero alzato e un'aria cospiratoria. Si limitò a indicarle qualcosa alle sue spalle, e Lidja si girò.

Nel tempio ora c'era solo la silhouette di Nida, mentre la figura misteriosa era scomparsa. Lidja digrignò i denti e si voltò di nuovo verso Fabio.

«Sei scemo o cosa? Ho passato l'intera giornata a seguire quella maledetta, e adesso che finalmente stava succedendo qualcosa, adesso che stavo per scoprire chi fosse quel tizio con il mantello, arrivi tu e rovini tutto!»

Fabio le mise una mano sulla bocca, e lei iniziò a mugolare.

«Zitta e guarda, o sarai tu a rovinare tutto» le disse secco, girandole la testa verso la direzione opposta. C'era qualcun altro che si stava avvicinando al tempietto. La sua andatura era atletica, sicura, la sua figura alta e slanciata. Si fermò un istante con il piede sul primo gradino e volse la testa intorno, come valutando la situazione. Fabio premette con più forza la mano sulla bocca di Lidja, e lui stesso trattenne il fiato.

«C'è qualcosa di strano» disse Ratatoskr.

«Per chi mi hai preso? Non c'è nessuno qui» rispose Nida scrollando le spalle. «Ho controllato.»

Ratatoskr la guardò sospettoso. «Davvero? E allora come mai io percepisco una presenza?»

Lidja, acquattata dietro il cespuglio, si guardò il braccio a occhi sgranati: aveva evocato Rastaban senza neppure accorgersene, e il suo braccio era ancora un artiglio di drago. Si affrettò a farlo tornare normale, ma nello stesso istante Ratatoskr girò la testa nella sua direzione, all'erta.

«C'è qualcuno» disse con più sicurezza, e si mosse senza esitazioni verso il cespuglio.

«Maledetta stupida!» imprecò Fabio, prendendo Lidja per un polso. Strisciarono entrambi a terra, cercando di fare il minor rumore possibile, ma Ratatoskr sembrava fiutare l'aria, implacabile come un predatore.

Il primo lampo nero si abbatté davanti a loro, consumando il cespuglio in un falò che non emetteva alcuna luce. Lidja e Fabio scattarono in piedi, cercando di sottrarsi alle fiamme che già lambivano i loro vestiti. Furono costretti a togliersi di dosso i cappotti, e il freddo dell'aria mozzò loro il fiato in gola.

«Scappa!» urlò Fabio, ma Lidja era già in fuga davanti a lui.

Ratatoskr emise un ruggito da far accapponare la pelle, quindi spiccò un balzo e si lanciò al loro inseguimento.

Senza alcuna difficoltà, riuscì ad agguantare Fabio per la vita e a gettarlo sulla neve gelida, dove lo girò come un pupazzo e gli bloccò il respiro, sedendosi sul suo petto. Fabio notò immediatamente che il suo aspetto era diverso dal solito. Molto della sua vera natura stava affiorando: la bocca era una chiostra di zanne sottili e affilate, e gli occhi erano quelli di un serpente. La sua pelle lasciava intravedere squarci ricoperti di squame, e le unghie delle mani si erano allungate a formare artigli letali. Ma le squame sembravano avere qualcosa che non funzionava: in alcuni punti apparivano come bruciate, e altrove mostravano ferite malamente rimarginate.

"Non è nel pieno delle sue forze, posso farcela" pensò

Fabio, mentre percepiva i passi rapidi di Nida vicino alla testa. Stava partendo all'attacco contro Lidja, ma lui ora non poteva fare nulla per lei: doveva concentrarsi sul proprio combattimento e lasciare che la Draconiana affrontasse il suo. Entrambi avevano una vendetta da compiere, ed entrambi dovevano farlo da soli.

Il nemico alzò gli artigli, pronto a dilaniargli il petto. A Fabio bastò sgranare appena gli occhi: il suo corpo avvampò in una grande fiamma rossa che attecchì fulminea ai vestiti di Ratatoskr, costringendolo a rotolarsi nella neve. Fabio ne approfittò per scattare in piedi. Ali di fiamme gli spuntarono sulla schiena, vaporizzando all'istante la neve intorno a lui, che si sollevò in una densa cortina di fumo. Entrambe le mani si trasformarono in artigli, quindi lui balzò in avanti prima che l'avversario si alzasse.

Forse non era il momento giusto. Ancora non aveva capito cosa Ratatoskr fosse andato a fare in Germania e perché si fosse incontrato con Nida. Il discorso tra lui e Nidhoggr che aveva ascoltato quella sera a Roma ancora non aveva senso. Ma tutto questo passava in secondo piano. Finalmente aveva l'occasione per sconfiggerlo, e non se la sarebbe lasciata sfuggire.

La rabbia accese i suoi artigli di fiamme rosso sangue, che si avvolgevano in spire furenti mentre infieriva sul nemico, lacerando e bruciando. Ratatoskr sembrava del tutto impotente sotto i suoi colpi, che tentava di parare come meglio poteva. Fabio provò un'intima esultanza e si accanì con ancora più foga, cercando di concludere in fretta la partita.

Poi, un urlo.

Si girò per una frazione di secondo, ma bastò. Ratatoskr se lo scrollò di dosso con violenza, mandandolo a sbattere contro un grosso sasso. Fabio rotolò sulla neve per diversi metri. Si voltò verso la sorgente del grido: Lidja era sospesa a mezz'aria, avvolta in un bozzolo di fiamme nere.

"Maledizione..."

Provò a tirarsi su, ma Ratatoskr era già pronto ad attaccarlo di nuovo. Riuscì a difendersi con gli artigli, e mise a segno un colpo sul viso dell'avversario, provocandogli tagli profondi che iniziarono a colare un sangue nero e viscoso. Ebbe così il tempo di rimettersi in piedi ed evocare ancora le fiamme, che scagliò a profusione verso Nida. Lei venne colta di sorpresa, e la cosa bastò a interrompere il suo attacco contro Lidja. La gabbia di lampi neri che l'aveva imprigionata svanì, e la ragazzina cadde a terra. Fabio colpì ancora Nida, procurandole un ampio taglio sulla schiena, quindi si precipitò su Lidja.

«Avanti, non ci resta che scappare» sibilò. Aveva perso

l'occasione, e la cosa lo faceva imbestialire. Se quella stupida fosse stata capace di badare a se stessa e tener testa da sola all'avversaria, lui avrebbe potuto regolare i conti con Ratatoskr. Ma così era impossibile.

Lidja si alzò piano, scuotendo la testa.

«Muoviti!» la incalzò lui, prima che una botta sulla schiena lo stendesse. Ratatoskr.

Ma non c'era tempo per cedere al dolore: strinse i denti e si tirò su, tenendo Lidja per i fianchi.

«Avanti!» ringhiò evocando le ali di Eltanin, che comparvero d'incanto sulla sua schiena. Lidja, a fatica, fece lo stesso, e insieme spiccarono il volo.

Nida e Ratatoskr però non sembravano intenzionati a mollare. Con un balzo furono in cielo e si lanciarono contro di loro, scagliando una raffica di lampi neri. Attento a non perdere quota, Fabio si voltava per controbattere con le proprie fiamme, ma senza successo.

«Aspetta» gli disse Lidja ansimando. «Tu vai avanti.»

«Che diavolo hai in mente?»

«Ci vediamo alla Torre Cinese! Tu va' là e aspettami!»

Aveva lo sguardo di chi sapeva esattamente cosa fare. Fabio la guardò un'ultima volta, poi andò verso il luogo dell'appuntamento.

Nida e Ratatoskr volavano verso Lidja sempre più veloci.

Lei chiuse gli occhi, respirò a fondo e il neo sulla sua fronte sfavillò illuminando il buio. Quattro alberi, a terra, presero a scuotersi come sotto le raffiche di un vento impetuoso. Lidja sentiva che il nemico si avvicinava, ma non permise alla paura di metterle fretta e rovinare tutto. Alzò piano le mani, e altrettanto lentamente gli alberi iniziarono a sollevarsi, smuovendo grosse zolle di terra mentre le radici venivano divelte. Quando furono in aria, Lidja spalancò gli occhi e finalmente lanciò gli alberi contro gli avversari. Nida e Ratatoskr furono letteralmente spazzati via e scaraventati a terra, sotto i tronchi, parecchi metri più in là. Lidja non rimase a godersi lo spettacolo e scappò, volando alla massima velocità che le ferite le consentivano. Adesso non c'era altro che potesse fare.

Trovò Fabio seduto su una delle panchine che circondavano la Chinesischer Turm, la grande pagoda dell'Englischer Garten. Ansimava, e non sembrava perfettamente in sé. Del resto, nemmeno lei stava granché bene. Non ricordava che Nida fosse tanto forte. Le ci era voluto così poco per intrappolarla nella gabbia di lampi neri, che se ci ripensava si sentiva assalire dalla rabbia. Considerato l'esito dello scontro, era andata fin troppo bene. Aveva perso il cappotto, moriva di freddo ed era piena di graffi, ma almeno era viva.

«Tutto a posto?» chiese avvicinandosi.

Fabio annuì. C'era poca luce, ma anche sotto il tenue chiarore della luna si vedeva che il suo viso era molto pallido.

«Sei sicuro? Mi sembri un po' provato» insistette Lidja, chinandosi su di lui.

Il ragazzo la fermò. «Chi era la bionda? Un'amica di Ratatoskr?» le chiese.

Lidja sentì un ruggito raccapricciante in lontananza. «Non abbiamo tempo per le spiegazioni, dobbiamo andarcene. Finché siamo nel parco possiamo volare, poi prenderemo la metro. Pensi di farcela?»

«Sto benissimo» rispose lui alzandosi, ma barcollò e lei dovette sorreggerlo. Non appena gli mise una mano sulla schiena, Fabio urlò. Lidja diede un'occhiata: aveva una larga bruciatura che occupava entrambe le scapole. Una bruttissima ferita.

«Fabio, ma...»

«Poche storie, ce la faccio. Forza» tagliò corto lui.

Spiccarono il volo con difficoltà e si diressero alla base.

«Complimenti! Ti sei fatto seguire» disse Nida con stizza. C'era voluto un po' per riemergere da quel caos di legno e rami che li aveva investiti, ma alla fine erano riusciti entrambi a rimettersi in piedi. Quella ragazzina non era particolarmente forte, pensò Nida, ma spesso era in grado di tirarsi fuori dalle brutte situazioni con trovate imprevedibili. Se la ricordava bene, quella Draconiana.

Ratatoskr si voltò di scatto. «Senti chi parla! Erano in due, e tu neppure ti eri accorta della loro presenza.»

Stavano battendo il parco, ma senza alcun risultato. Dei due Draconiani non c'era più nessuna traccia. Era passato troppo tempo, e di certo erano riusciti a darsi alla fuga.

Ratatoskr calciò la neve a terra, sollevando una nuvola candida che la luna illuminò di riflessi argentei. «Dannazione! Il nostro Signore non sarà contento.»

«Non è detto. L'infiltrato mi ha dato informazioni interessanti, e in ogni caso questo incontro imprevisto ci dice molte cose...»

Nida sorrideva, e la cosa irritò Ratatoskr. «Non c'è niente da ridere.»

«Dici? Grazie a questo inconveniente, sappiamo che i Draconiani sulle tracce del frutto sono tre. E l'infiltrato non ne sapeva niente, perché non me l'ha detto...»

Ratatoskr sembrava non capire.

«La cosa non mi piace affatto. Temo che dovremo intervenire. Forse stanno complottando qualcosa di cui siamo all'oscuro, qualcosa che potrebbe mandare all'aria i nostri piani.»

Ratatoskr strinse i pugni. Nida aveva ragione, ma non gli faceva piacere ammetterlo. «Cosa proponi?»

«Andare direttamente alla radice del problema. Il nostro Signore sarà molto soddisfatto, vedrai.»

Sofia ebbe un colpo al cuore.

Nel rettangolo di luce che uscì dalla stanza quando aprì la porta, c'era Lidja ridotta a uno straccio. Ma, soprattutto, c'era Fabio.

Non riusciva a credere che fosse davvero lì, davanti a lei.

«Guarda chi si vede…» le disse sorridendo debolmente.

«Non stare lì imbambolata, Sofia! Vai a chiamare il prof, ho l'impressione che la situazione sia seria» la esortò Lidja.

Sofia si riscosse: notò che Fabio si appoggiava alla spalla dell'amica per reggersi in piedi, e aveva il volto cinereo. «Sì, sì, subito.»

Si precipitò alla porta della stanza in cui dormiva il professore, tempestandola di pugni e chiamandolo a gran voce. Sentì Fabio protestare dietro di lei, dire che era tutto okay, che stava bene.

Schlafen venne ad aprire assonnato. «Che cosa…» ma non dovette neppure finire la domanda. Scostò Sofia e corse verso Fabio.

Per fortuna il professore era partito portandosi dietro una buona scorta di filtri. Aveva aperto una pesante valigia di cuoio dallo stile antiquato, chiusa da cinghie protette da pesanti borchie d'ottone, e ne era emersa ogni sorta di alambicchi, ampolle e altri accessori da alchimista. Scorse le boccette fino a trovare quella che faceva al caso loro. Fabio intanto gemeva sul divano in preda alla febbre.

Sofia si mangiava le unghie fino all'osso mentre lo guardava. Aveva sperato così ardentemente di poterlo rivedere, e ora se lo ritrovava mezzo morto sul divano di casa, nel cuore della notte.

«Che è successo?» chiese a Lidja.

«Nida e Ratatoskr. Avevo seguito Nida fino all'Englischer Garten, e lì ho incontrato lui. Siamo stati un po' maldestri, e il nemico ci ha individuati. Siamo scappati di corsa, ma non abbastanza, evidentemente.»

Sofia si alzò e andò verso il professore, che aveva iniziato ad applicare un unguento sulla schiena martoriata di Fabio. Le ferite erano quelle inferte dalle terribili fiamme nere delle emanazioni di Nidhoggr. Le conosceva bene.

«Come sta?» mormorò.

Il professore si girò e le sorrise. «Abbastanza bene. Le ustioni fanno impressione, e sono sicuro che facciano anche molto male, ma poteva andare peggio. Vedrai che domani mattina starà meglio.»

«Gli cedo il mio letto!» disse Sofia di slancio. «Non possiamo lasciarlo sul divano.»

«Mi stai chiedendo di dormire con lui?» esclamò Lidja incredula.

«È un Draconiano come noi! E non vedi che sta male?»

«Già, come noi… tant'è che ci ha mollati non appena abbiamo recuperato il frutto. L'amore davvero ti ha messo le fette di prosciutto sugli occhi, Sofia.»

«Come fai a dire una cosa del genere?»

«Piantatela!» intervenne il professore. «Nella camera di Effi c'è un secondo letto. Hai problemi a dormire con lui?» aggiunse rivolto alla donna.

Lei scosse la testa. «È un Draconiano» disse.

Lidja sbuffò, sollevata.

«Perfetto, siamo tutti d'accordo. E ora a letto. Fabio non è in condizioni di parlare, deve riposarsi. E a dire il vero, anche noi abbiamo avuto una giornata pesante. Lidja, lascia che medichi anche le tue ferite, dopo di che tutti a nanna, e ne riparleremo domani.»

Fu Sofia a mettere a letto Fabio, con l'aiuto di Effi. L'ultima volta che si erano visti, era lei quella ferita, ed era toccato a Fabio prendersi cura delle sue ferite. Ora era tutto il contrario. Rimase a guardarlo al buio per qualche istante, con un misto di preoccupazione e senso di colpa. Se l'avessero cercato, se avessero almeno tentato di farlo entrare nel gruppo…

Poi Effi le appoggiò una mano sulla spalla con fare materno. «Andrà tutto bene. Georg è molto bravo a curare. Ha curato te.»

Sofia le sorrise stancamente. Passò sopra a quel "Georg" che continuava a irritarla, e apprezzò il tentativo di rincuorarla.

«Posso stare qui per un po'?» chiese arrossendo.

«Ma certo!»

Effi si mise a letto, e Sofia si sedette su una sedia accanto a quello di Fabio. Pian piano il suo volto prendeva colore. Rimase così, a guardarlo e a sperare, ripromettendosi che ora che l'aveva ritrovato non gli avrebbe mai più permesso di andare via.

11
Il corso degli eventi

Sofia si svegliò con qualcuno che le toccava una spalla. Trasalì, e fu ancora più sbigottita quando vide che quel qualcuno era Fabio. Era rimasta su quella sedia, nella stanza di Effi, per tutta la notte. Arrossì violentemente.

Lui era ancora vestito come la sera prima e aveva i capelli castani arruffati, ma era meno pallido, e sembrava molto più in forma di quando si era addormentato.

«Si può avere qualcosa da mangiare? Ho un buco allo stomaco che fa paura» disse.

Sofia scattò in piedi come una molla.

Stretti intorno al tavolo del salotto, fecero colazione tutti insieme. Fabio divorò le brioche e i biscotti come uno che non mangiava da giorni. Decisamente le forze gli erano tornate. Sofia lo guardava incantata. Neppure nei suoi sogni più rosei avrebbe mai immaginato di ritrovarselo lì, nel salotto di quella casa bavarese.

In compenso Lidja era molto più cinica. «Vedi di non finire tutti i biscotti» disse mettendo la mano nella scatola ormai semivuota.

«E dai, Lidja, è pur sempre un ospite…» protestò Sofia.

Il professore le guardò entrambe, ridacchiando sotto i suoi occhialetti dorati.

Fu quando tutti si furono rifocillati che venne il momento delle spiegazioni.

Iniziò Lidja, che raccontò dell'incontro al parco. Ovviamente, diede tutta la colpa del fallimento a Fabio.

«Senti, se tu non ti fossi girata con quell'artiglio sguainato…»

«E se tu non mi fossi capitato tra capo e collo, spaventandomi…»

«Calmatevi» ingiunse il professor Schlafen. «Non ha senso litigare. Siete stati scoperti, avete dovuto combattere, ma grazie a Dio non vi siete fatti nulla di grave. Direi che questa è l'unica cosa che conta. E ora abbiamo un'informazione fondamentale: a Monaco c'è anche Ratatoskr.»

Si girò quindi verso Effi e le chiese se conosceva la seconda emanazione di Nidhoggr, fornendogliene una descrizione sommaria.

Gli occhi della donna si adombrarono, e lei fece segno di no. «Noi abbiamo visto sempre e solo la ragazza... Nida, giusto?» Il professore annuì. «Non abbiamo mai avuto a che fare con qualcun altro.»

Schlafen si accarezzò la barba, sistemandosi nervosamente gli occhiali. Era preoccupato. «Le cose cominciano già a cambiare» osservò. «Dopo questo scontro, Nida e Ratatoskr hanno scoperto la nostra presenza.»

Fabio passò in rassegna i volti tesi. «Se qualcuno si prendesse la briga di far capire anche a me...» disse perplesso e un po' scocciato.

Fu Effi ad assumersi l'incarico e, dopo essersi presentata, raccontò tutta la storia fin dal principio.

«Ma questa è roba da fantascienza...» commentò alla fine il ragazzo, grattandosi la testa. «Nessuno può viaggiare nel tempo...»

«Ti assicuro invece che è possibile» fece Lidja con aria di superiorità. «E anzi, è facile provarlo: se oggi seguirai Sofia nel suo lavoro, vedrai che in questa città girano due Effi, al momento. Questo come lo spiegheresti, altrimenti?»

Fabio ignorò la provocazione. «Quindi vediamo se ho capito: siete tornati indietro nel tempo usando la clessidra fatta con il legno dell'Albero del Mondo, allo scopo di salvare questo ragazzino, Karl, da morte certa.

Però non sapete esattamente come siano andati i fatti in passato, e quindi state agendo alla cieca.»

Il professore sembrò vagamente imbarazzato. «Be'… sì. In un certo senso è così. Stiamo indagando per cercare di capire quando gli eventi hanno cominciato a precipitare. L'obiettivo primario è salvare Karl: senza di lui, non abbiamo alcuna speranza di sconfiggere Nidhoggr.»

«Dobbiamo combattere tutti assieme, tu compreso» rimarcò Sofia.

«Non funzionerà mai» tagliò corto Fabio.

«Ma che ce ne facciamo di questo maledetto disfattista? Finora siamo andati più che bene da soli, che torni a cacciare Ratatoskr o a dedicarsi ai fatti suoi» sbottò Lidja in un moto di stizza.

«Senti, se tutti i film di fantascienza che ho visto in vita mia hanno fondamento, già il fatto che siate tornati indietro ha cambiato le cose. E non c'è modo di sapere come. Il nostro scontro di ieri sera chissà cos'altro ha cambiato. È una cosa totalmente imprevedibile! Non si può agire sperando di mettere le cose a posto se anche muovere un dito, o starsene seduti qui a parlare può cambiare la storia!»

«Cambiano le piccole cose, ma le grandi sono più difficili da modificare» cercò di spiegare Effi.

«In ogni caso, adesso sai qual è la nostra situazione. Di te che ci dici?» intervenne il professore.

Fabio si fece improvvisamente evasivo. «Dopo che... ci siamo visti» disse gettando un'occhiata fugace a Sofia «ho più o meno ripreso la mia strada. Non che avessi ben chiaro cosa fare.»

«Già, evidentemente non ti avevamo spiegato qual è il compito dei Draconiani» osservò Lidja.

«Mi fai parlare o devi intervenire a ogni mia parola?» scattò Fabio esasperato. E si convinse a confidare la sua decisione di vendicarsi di Ratatoskr.

Era chiaro che non ne parlava con piacere, e che un po' si vergognava. Sofia trovò adorabile il lieve rossore che si soffuse sulle sue guance mentre spiegava la propria missione.

Fabio raccontò di averlo seguito per qualche tempo, e di averlo infine sorpreso con Nidhoggr a Roma. «Avrei potuto attaccarlo» disse raddrizzandosi e acquisendo un po' più di sicurezza «ma quello che si erano detti mi aveva messo in allarme. Era evidente che quel tizio aveva un compito ben preciso, che non capivo. Quale oggetto gli aveva consegnato Nidhoggr? Ho pensato che dovevo scoprirlo, prima di vedermela con lui. Per... voi» aggiunse sottovoce, quasi con pudore.

Sofia si sentì sciogliere. Allora ci pensava, a loro. Allora non era l'egoista senza cuore che Lidja detestava, ma a modo suo sentiva di far parte del gruppo. Lei l'aveva sempre saputo.

Il professore rimase silenzioso per un po'.

«In fin dei conti, questo incontro nel bosco è stato più fruttuoso del previsto» disse poi sorridendo. «Poteva finire male, ma abbiamo scoperto un bel po' di cose. Ratatoskr è qui per aiutare Nida, e supponendo che le cose non siano cambiate rispetto al futuro che conosciamo, non deve aiutarla nell'azione, ma in qualcos'altro. C'è una nuova specie di Assoggettato che gira per la città, e che sa parecchie cose di noi. Bene, direi che stiamo procedendo.»

«E adesso?» chiese Sofia.

«Adesso continueremo come prima, e in più avremo Fabio dalla nostra.»

Il cuore di Sofia fece una capriola, e tutti si girarono a guardare il ragazzo, che appariva vagamente in imbarazzo.

«Tanto, dentro ci sono già» disse in tono burbero.

«La tua ferita non era grave, ma in ogni caso non mi fido a spedirti in azione così presto: per un paio di giorni starai in convalescenza» stabilì il professore.

Fabio provò a protestare, ma lui lo bloccò alzando un dito.

«Non si discute. Cercherai Ratatoskr appena sarò sicuro che se lo incontrassi in battaglia saresti in grado di tenergli testa.»

Fabio ebbe un moto di stizza, che suscitò un risolino da parte di Lidja. Quei due proprio non si sopportavano, pensò Sofia.

«Anche tu, Lidja, oggi rimarrai qui a riprenderti dallo scontro» si affrettò ad aggiungere Schlafen. «Ci servi in perfetta forma per quando sarà il momento.»

«Ma prof...» saltò su lei, furiosa.

«E anche per te vale lo stesso: non si discute» la bloccò il professore, guadagnandosi un'occhiata truce. «Tu Sofia, invece, starai di nuovo dietro a Karl, mentre io ed Effi continueremo a studiare la situazione e a cercare il frutto. Tutti d'accordo?»

Fabio e Lidja si limitarono a un cenno del capo decisamente poco entusiasta.

Il professore batté le mani sul tavolo. «Perfetto. Allora siamo intesi.»

Tra gli alberi che si scorgevano dalla finestra, nessuno intravide il lembo di un mantello nero sgusciare via.

La sola presenza di Fabio colorò la giornata di Sofia. Doveva fare le stesse cose del giorno prima: il pedinamento, l'appostamento davanti all'appartamento di Effi e Karl, l'ascolto delle discussioni in tedesco tra i due. Ma tutto aveva un sapore diverso. Sapeva che appena avesse finito, sarebbe potuta andare a casa, dove c'era Fabio. Avrebbero mangiato insieme, avrebbero dormito sotto lo stesso tetto, e questo faceva tutta la differenza del mondo. Non sentiva quasi nemmeno il freddo, e il fatto che la neve ormai fosse quasi del tutto sciolta non la intristiva come sarebbe stato normalmente.

Anche origliare il dopo cena a casa di Effi e Karl non fu più sconsolante. Sofia si abbandonò ai suoni del tedesco, come se stesse ascoltando una melodia. Non aveva mai provato grande attrazione per quella lingua, ma doveva ammettere che in fondo non era così cacofonica come aveva creduto all'inizio. Aveva una sua bellezza, una sua musicalità, e arrivò a pensare che forse un giorno avrebbe potuto impararla. In fin dei conti, quella città le piaceva molto, poteva valere la pena tornarci.

Quando nell'appartamento di Effi e Karl si fece buio, Sofia tirò un piccolo sospiro soddisfatto e si preparò ad andarsene.

Non era molto tardi, e calcolò che sarebbe stata a casa in breve tempo. Si diresse alla fermata della metro.

Le strade erano deserte. Monaco era così: dopo una certa ora, il freddo la vinceva su tutto. La gente se ne stava rintanata in casa o in qualche pub. In giro, nessuno.

Sofia sentì i brividi correrle per le spalle, e si chiuse il cappotto fino all'ultimo bottone. Ma quella sensazione di gelo non voleva andarsene. Si fermò. Aveva un brutto presentimento. Era qualcosa nell'aria, nel modo in cui i suoi passi rimbombavano sull'impiantito, persino nella luce dei lampioni sospesi sulla strada. Alzò gli occhi al cielo, in cerca di una luna che potesse rassicurarla, e vide un'ombra nera volare verso la casa di Karl.

Il neo sfavillò sulla sua fronte, e le ali spuntarono quasi subito. Un battito, e si trovò a volare in cielo a sua volta, l'aria fredda che le sferzava le guance arrossate.

L'ombra ora era là, furtiva, appollaiata sulla finestra del soggiorno, pronta a entrare. La vide scomparire oltre lo stipite prima di poter intervenire. L'aveva riconosciuta. Il caschetto biondo era inconfondibile, e così il corpo magro e atletico.

Il neo scintillò più luminoso sulla fronte di Sofia, e le sue braccia si trasformarono in artigli di drago, mentre le pupille si allungavano.

Entrò piano, fermandosi prima sul davanzale per gettare un'occhiata nel salotto. Non vi metteva piede da quel triste pomeriggio in cui avevano incontrato Effi per la prima volta. Tutto sembrava in ordine, ma Nida era lì, la percepiva.

Avanzò furtiva nella stanza, le orecchie tese allo spasimo. Era l'udito di Thuban a farle avvertire ogni più piccolo rumore all'interno della casa. Finché non riconobbe il sottile, lievissimo cigolio del parquet, sfiorato da un paio di piedi allenati a non farsi sentire. Proveniva dalla camera di Karl.

Entrò piano, e la vide: bellissima, accarezzata dalla tenue luce che penetrava dalle finestre, il braccio destro già avvolto da fiamme nere. Stava accanto al ragazzino addormentato nel suo letto, che senza occhiali sembrava ancora più piccolo.

Sofia le si gettò addosso senza una parola, stringendola con tutta la forza delle braccia. Caddero a terra insieme, travolgendo la scrivania. Sofia evocò un fascio di viticci che si avvolsero tutt'intorno al corpo di Nida, cercando di stritolarla. Ma lei rispose con una vampa di fiamme nere, che incenerirono in un lampo la fitta trama che la imprigionava.

Karl intanto era schizzato fuori dal letto e gridava terrorizzato, cercando di inforcare gli occhiali. Indossava un pigiama azzurro con una fantasia di orsetti, e sembrava ancora più pingue e indifeso di quando era vestito.

Sofia si sollevò rapida e si avventò su Nida con gli artigli sguainati, cercando di colpirla agli occhi. Il corpo della ragazza si avvolse ancora nelle fiamme, e Sofia provò a proteggersi ricoprendosi con uno strato di clorofilla, che le scaturì fuori dai pori della pelle avviluppandola in un manto verde. Lanciò una liana avvolta anch'essa da quella sostanza e la strinse attorno al collo dell'avversaria. Poi tirò a sé, gli artigli pronti a colpire. Ma Nida raddoppiò la potenza delle proprie fiamme, e la stanza prese a brillare di riflessi violacei e neri.

«Karl!» Effi era sulla porta, svegliata di soprassalto da tutto quel rumore.

«*Hau ab*!» urlò Karl, poi scattò in avanti, con un'agilità che Sofia non avrebbe mai sospettato in uno come lui. La trasformazione fu pressoché istantanea. Le braccia divennero artigli, un paio di ali azzurre gli esplose sulle spalle e persino il suo volto sembrò mutare in quello feroce e fiero di un drago. Sofia si sentì investita da un'ondata di nostalgia: era una sensazione strana, come se riconoscesse quel drago senza averlo mai conosciuto. Aldibah!

Il suo attacco fu altrettanto fulmineo. Un lampo azzurro, e Nida si trovò avvolta da una nube di ghiaccio che spense all'istante le sue fiamme. Urlò, mentre Karl rafforzava il viticcio lanciato da Sofia avvolgendolo con un altro strato di ghiaccio. Nida fu immobilizzata per qualche istante, e Karl ne approfittò. Con gli artigli le disegnò un taglio profondo sul petto, che lacerò stoffa e carne, finché un liquido nero e pastoso non iniziò a colare dalla ferita. Nida urlò, ma il dolore parve darle ancora più forza e le consentì di spezzare i vincoli che la tenevano prigioniera.

«Maledetti» sibilò, ma non osò sferrare un altro attacco. Gettò a entrambi uno sguardo carico di disprezzo, poi sorrise maligna. «Non è ancora finita...» disse. E prima che uno dei due potesse fermarla, si scagliò contro la finestra e sparì in una nuvola di vetri infranti.

Sofia si lanciò in avanti, ma quando si affacciò, in strada non c'era nessuno, e neppure in cielo: Nida sembrava essersi smaterializzata. Solo allora riprese fiato. Si sentiva mortalmente stanca, ma doveva andarsene in fretta, prima che Karl si rendesse conto della situazione. Fece per spiccare il volo, quando una mano le si posò sulla spalla e una voce femminile le fece una chiara, semplice domanda.

«*Wer bist du*?»

12
Futuro incerto

La scena aveva del surreale. Erano tutti lì, attorno al tavolo della piccola casa in cui avevano stabilito il quartier generale. Sofia, Lidja, Fabio, il professor Schlafen, Karl e, soprattutto, le due Effi. Perfettamente identiche, per caso in quel momento indossavano persino lo stesso maglione, l'unico che la Effi del futuro si era portata dietro nel suo viaggio nel tempo. Pallide, sfuggivano l'una lo sguardo dell'altra.

Sofia si strofinava le mani con nervosismo. Cercava di immaginare cosa avrebbe potuto significare un simile disastro a livello di mutazione degli eventi. Una persona che incontrava la se stessa proveniente dal futuro doveva essere qualcosa di assolutamente devastante. Ed era colpa sua, che aveva combinato il solito pasticcio cosmico.

Quando aveva bussato alla porta, ad aprirle era stata

proprio Effi, che a stento aveva soffocato un grido. Si era portata la mano alla bocca, mentre anche l'altra, al di là della soglia, indietreggiava atterrita.

A Karl e alla Effi del passato Sofia aveva dovuto riferire tutto durante il tragitto verso casa. Del resto, la donna si apprestava a incontrare se stessa, e non c'era nulla che potesse spiegare un evento del genere, se non la verità. Ma aveva taciuto a Karl il vero motivo per cui avevano viaggiato indietro nel tempo. Le era mancato il cuore di rivelarlo, e non sapeva nemmeno se fosse il caso.

Ora, seduti là tutti insieme, l'atmosfera era così tesa che si poteva tagliare con il coltello. Sofia notò che Effi stringeva convulsamente la mano del professore, un gesto che le diede subito fastidio, ma che tutto sommato capiva. In quel momento non doveva sentirsi molto meglio di lei la prima volta che il prof le aveva detto la verità: il mondo per come lo conosceva era sul punto di crollarle addosso, ed era successo senza preavviso, nel cuore della notte e con un evento traumatico.

"Un evento traumatico e non previsto" si disse. Quello era l'aspetto più inquietante di tutta la situazione: la Effi del futuro non aveva mai parlato di un agguato notturno di Nida. Le cose avevano cominciato a cambiare, e in modo preoccupante.

Fu proprio Sofia a rompere il silenzio. «Io… mi dispiace, non sapevo veramente che cosa fare. Non potevo non intervenire, Nida stava per uccidere Karl, e per forza di cose ho dovuto svelare i miei poteri.»

«Non avevi scelta» la tranquillizzò il professore. «Stanotte hai salvato la vita a Karl, hai fatto quel che dovevi. Non sentirti in colpa.»

Il peso che Sofia avvertiva sul petto si sciolse pian piano.

«Scusate, la ragazzina ci ha spiegato qualcosa nel tragitto, ma sinceramente non abbiamo capito molto...» si intromise Karl. «L'unica cosa chiara è che quella lì» e lanciò un'occhiata sconvolta alla Effi del futuro «è Effi tra qualche giorno, e che questa qui» e indicò con il pollice Sofia «è una Draconiana come me. Ma voi chi siete? Perché siete qui?»

Anche lui, come Effi, parlava un ottimo italiano, pur se con un forte accento tedesco. D'altra parte non era una cosa rara, a Monaco: Sofia aveva notato per le strade molte pubblicità di scuole di italiano, e non era raro sentir parlare quella lingua, sia da parte di tedeschi che dei molti italiani che vivevano in Baviera.

Il professore si aggiustò gli occhiali un paio di volte, prendendo tempo per riflettere. Infine assunse un'espressione decisa. «Fra due giorni, la ragazza bionda che avete incontrato stasera sfiderà Karl a Marienplatz per il possesso del frutto di Aldibah che state cercando, e...»

La Effi del futuro lo bloccò toccandogli dolcemente una mano. «No, Georg, questo è meglio che lo dica io. In privato.»

Il professore la guardò qualche istante, poi le strinse la mano in segno di assenso.

Le due Effi e Karl si ritirarono nell'altra stanza, e al tavolo rimasero soltanto Schlafen e gli altri tre Draconiani, immersi in un silenzio pensoso.

«Come puoi sentirti quando qualcuno ti annuncia che tra un paio di giorni morirai?» disse Fabio, lo sguardo perso nel vuoto.

«Non morirà» replicò secca Lidja. «Siamo qui proprio per evitarlo.»

Sofia fu scossa da un brivido. Qualche volta, nei momenti di più buio sconforto all'orfanotrofio, aveva desiderato di poter conoscere il futuro. Tanto per sapere se qualcuno l'avrebbe mai adottata, o se il giorno dopo suor Prudenzia le avrebbe fatto una lavata di capo. Adesso capiva che razza di arma a doppio taglio fosse la conoscenza di ciò che sarebbe accaduto. Meglio, molto meglio essere all'oscuro di tutto, e magari averne paura, piuttosto che sapere esattamente come sarebbero andate le cose.

«E adesso?» chiese Fabio. «È evidente che il corso degli

eventi è cambiato, e ancora più evidente è che questo pasticcio incasinerà ancora di più le cose.»

Il professore sospirò. «Adesso si gioca a carte scoperte. Dobbiamo conoscere tutto quello che Karl sa del frutto e anticipare le mosse dell'avversario.»

Quando la porta si aprì, Karl era bianco come un cencio, e la Effi del passato sembrava appena uscita da un incubo.

«Immagino che tutti i presenti ora sappiano perché siamo qui, e quel che sarebbe accaduto se non fossimo intervenuti» disse il professore, rompendo il silenzio di tomba che era sceso nella stanza. «A questo punto dobbiamo condividere le nostre informazioni. Finora abbiamo agito supponendo che Karl sapesse qualcosa che Effi ignorava, e che in qualche modo fosse venuto in possesso del frutto. In seguito Nida l'ha incontrato e...» sembrò cercare le parole «... ed è finita come non finirà in futuro, ecco.» Si girò verso il ragazzino: «Per cui, Karl, è il momento che tu ci dica la verità: hai indagato per conto tuo in questo periodo?»

Karl era assolutamente spaesato. «Io mi preparo a questa evenienza da tanti anni, lo sapete. Effi mi ha preso con sé quando ero bambino, e tutta la mia vita è stata un lungo allenamento per trovare il frutto di Aldibah. Ma abbiamo sempre lavorato insieme. Lei è molto più brava di me nelle ricerche, io più che altro sono abile a combattere.» Lanciò uno sguardo furtivo a Sofia, che rivide immediatamente la sua performance di quella sera.

«Vuoi dire che non hai indagato per conto tuo per trovare il frutto?»

«Ma perché avrei dovuto? Effi...» mormorò, vagando con gli occhi dall'una all'altra delle sue madri adottive «Effi è tutto per me, è il mio mondo.»

Lo disse con una tale sincerità che Sofia si sentì stringere il cuore. Un Draconiano, solo, sperduto, che aveva soltanto un Custode a cui affidarsi, non ne avrebbe mai tradito la fiducia. Avevano commesso un grave errore a sospettare il contrario.

«Se sono quello che sono lo devo a lei, mi ha insegnato tutto. Se sono vivo stasera, senza nulla togliere a...»

«Sofia...» disse piano lei.

«A Sofia, è grazie a Effi. Qualunque cosa avessi scoperto, gliel'avrei detta.»

Il professore si toccò nervosamente la barba. «E cosa ci dici delle tue visioni? Effi ci ha raccontato che avevi delle visioni, e che a un tratto si sono interrotte.»

«Da qualche tempo faccio sogni strani.» Tutti lo fissarono attenti, e Karl sembrò all'improvviso impacciato, oggetto com'era degli sguardi di tutti.

«Che tipo di sogni?» lo incalzò il professore.

«Iniziano sempre con Aldibah. Mi appare e cerca di dirmi qualcosa, qualcosa che non riesco a capire. Dopo pochi minuti il sogno diventa nebuloso, e il corpo di Aldibah sembra come disfarsi... Non so spiegarlo... Tutto diventa buio, le cose si confondono...»

«Ti ricordi cosa cerca di dirti?»

«Ci sono delle immagini che tornano sempre. Meravigliosi castelli... giardini... e infine un creatura bianca, che non riesco a identificare.»

«E poi?» chiese Lidja.

«E poi basta. Aldibah scompare, inghiottito dall'oscurità, e io mi sento precipitare verso il basso, mentre intorno rimbomba un urlo tremendo, come il ruggito di una bestia enorme. A quel punto mi sveglio.»

Gli astanti si guardarono l'un l'altro, e Karl li passò in rassegna.

«Sono solo sogni, lo so... ma da qualche tempo aiutavano me ed Effi nella ricerca del frutto.»

«Lo sappiamo. Del resto è così che io e Lidja abbiamo trovato i nostri frutti. I draghi ci parlano nei sogni, ci forniscono indizi» disse Sofia.

«I tuoi incubi mi preoccupano molto» osservò il professore. «È come se un potere malvagio fosse all'opera.»

«Nidhoggr» sussurrò Lidja, e fu come se la temperatura della stanza si fosse abbassata di qualche grado.

«Le nostre ricerche» intervenne titubante la Effi del passato «ci stavano conducendo alla Residenz. Pare che Ludwig II vi abbia portato il frutto.»

Di fronte alle facce perplesse dei Draconiani, Karl si prese la briga di spiegare con tono didattico: «Ludovico II, come lo chiamate voi, è stato il più famoso re di Baviera. Era un tipo inquieto e solitario, appassionato di miti e leggende, e cercò di vivere proprio come un principe delle fiabe. Secondo le nostre fonti, scoprì un antico manufatto che pensava fosse un oggetto sacro ai Nibelunghi. Pare che Sigfrido lo celasse nella bisaccia quando uccise il drago Fafnir, e che fosse proprio quell'oggetto a dargli la forza necessaria a compiere l'impresa. Si dice fosse un portafortuna, e che facesse parte dell'inestimabile tesoro che gli tramandò suo padre, il grande Sigmund. Nelle descrizioni, è molto simile al frutto di Aldibah.» Prese fiato, e subito aggiunse: «Ma è la prima volta che venite in Baviera? E non avete mai sentito parlare di Neuschwanstein?»

Sofia pensò che sembrava il nome di una medicina.

«È il castello cui si è ispirato Walt Disney per il palazzo della *Bella Addormentata nel Bosco*» continuò a pontificare Karl. Aveva assunto un'aria da maestrino vagamente irritante. «E non è il solo. Ludwig aveva una grande passione per i castelli, ne ha fatti costruire diversi.»

Lidja si sporse in avanti con entusiasmo. «Allora forse il frutto è in uno di questi castelli!»

«È probabile, ma non la farei così facile» obiettò la Effi del futuro. «I castelli che fece erigere sono tre, senza contare la reggia del padre a Hohenschwangau. Nymphenburg è il castello in cui è nato, mentre a Schachen c'era la residenza reale. E non stiamo parlando di casette, ma di fior di castelli. Già solo per passarne in rassegna uno ci vorrebbero giorni.»

Vederle parlare faceva un effetto stranissimo. Non era come se stessero interagendo due gemelle identiche: c'era evidentemente qualcosa di *sbagliato* nella scena di loro due che si scambiavano informazioni, qualcosa cui il cervello si rifiutava di credere. Sofia si sentiva come se la realtà stesse perdendo i suoi contorni.

«In ogni caso, adesso che sappiamo che il futuro sta cambiando, e che Karl non ha nulla di nuovo da dirci sul frutto, è il caso di stabilire cosa fare da qui in avanti» disse Lidja.

«Innanzitutto, direi che è tassativo che il nemico non sappia nulla della clessidra» intervenne il professore. «E non dimentichiamo che Nida potrebbe tornare da un momento all'altro per portare a termine la missione che non ha concluso questa notte. Karl è ancora più in pericolo, adesso: le nostre azioni hanno anticipato il piano omicida dei nostri nemici. Quindi Effi e Karl dovranno restarsene chiusi qui, dove Nida non può trovarli. Fabio veglierà su di loro per maggiore sicurezza, mentre io ed Effi, la Effi del futuro intendo, staremo nel loro appartamento con Sofia e Lidja, pronti a intercettare Nida nel caso tornasse per uccidere Karl.»

«Io so benissimo cavarmela da solo» sentenziò il ragazzino, orgoglioso. «Chiedete a Lucia.»

«Sofia» puntualizzò lei piccata. Quel quattrocchi saccente iniziava a darle un po' sui nervi.

«Stasera me la sono cavata egregiamente con quella donna, e adesso che so che la mia vita è in pericolo starò ancora più attento. Non corro davvero nessun rischio.»

«Con tutto il rispetto, io ho visto calare la tua bara nella terra solo qualche giorno fa» replicò Sofia con un tono acido che non le si addiceva.

Karl sbiancò in volto, mentre il professore le scoccò un'occhiata assassina.

«Nessuno sta mettendo in dubbio le tue capacità di Draconiano. Ma anche Lidja e Sofia finora se la sono cavata perché hanno sempre lavorato in coppia. Ognuno di voi è fondamentale per sconfiggere Nidhoggr, e per questo è importantissimo non solo che troviate i frutti, ma che restiate in vita.»

«C'è una via più rapida per riuscirci.»

Era stato Fabio a parlare. Tutti si girarono verso di lui.

«Ossia?» fece Lidja scettica.

«Avete appena detto che la chiave di tutto sono i sogni di Karl, e che i suoi incubi vi puzzano di Nidhoggr.»

«E quindi?» insistette Lidja provocatoria.

«E quindi la questione è assai semplice: si cattura Nida e la si costringe a dirci cosa sta architettando Nidhoggr.»

Il professore si limitò a squadrare Fabio a lungo.

«Pensaci, Schlafen» continuò il ragazzo. «Invece di perdere tempo, andiamo direttamente alla fonte. Nida non avrebbe ucciso Karl prima di sapere dove era nascosto il frutto. È evidente che o ne era già in possesso, o gli ha estorto informazioni su dove si trovasse.»

«Non abbiamo idea se lei a questo punto della storia sappia già dov'è» obiettò il professore.

«Già. Ma se fra qualche giorno sarà in mano sua, di certo è più avanti di noi nella ricerca. Piuttosto la domanda è un'altra: saresti in grado di estorcerle la verità?»

Fabio e il professore si guardarono in silenzio. Poi, lentamente, Schlafen annuì. «Sì... io... credo di sì.»

Fabio sorrise con aria di sfida. «E allora cosa stiamo aspettando?»

Il giardino era immerso nell'oscurità. Nida era in piedi davanti al tempietto circolare, in attesa. Faceva meno freddo, e la cosa le dava quasi fastidio. Sentore di primavera nell'aria, un odore che detestava. Certo, era lontana. Ci sarebbe stato ancora spazio per il freddo, forse persino per un'ultima, debole nevicata. Ma in un mese sarebbero comparse le prime gemme sugli alberi, e la natura si sarebbe risvegliata ancora una volta. La vita avrebbe ripreso a scaldare la Terra, fino a quando Nidhoggr non fosse riuscito a distruggere finalmente quel ciclo e a rendere il mondo un buon posto per l'esistenza della sua progenie.

Non dovette attendere molto. Una figura ammantata scivolò rapida verso di lei, china sull'erba bagnata. Si inginocchiò in segno di deferenza.

«Ho notizie interessanti, padrona. Ma non sapevo che avreste cercato di uccidere il Draconiano questa notte.»

Nida sorrise sprezzante. «Non devo renderti conto delle mie decisioni, miserabile. E in ogni caso non era lui che volevo uccidere, ma i Draconiani che gli stanno intorno. Proteggono Karl, e sapevo che probabilmente sorvegliavano la sua casa. Purtroppo la mia trappola ha attirato solo la Draconiana con i capelli rossi che sa dominare… le piante» disse con disgusto. «Il mio Signore non ne sarà per nulla contento. Quindi, vedi di risollevarmi la giornata con qualche notizia davvero utile.»

Nida percepì che la figura ammantata sorrideva, sotto il cappuccio che ne copriva i lineamenti.

«Ho scoperto perché i Draconiani sono qui, padrona. Hanno viaggiato nel tempo, con un antico manufatto. La Draconiana che avete incontrato viene dal futuro.»

Nida sembrò sconvolta. «Hanno viaggiato nel tempo? Quei maledetti servi di Thuban non si fermano davanti a niente...» Poi sogghignò imperiosa. «Ma sarò pronta ad accoglierli come meritano, se dovessero di nuovo mettersi sulla mia strada. L'importante è il ragazzino. Stai procedendo come ti avevo detto?»

La figura trasse da sotto il mantello un'ampolla vuota. «Il filtro è finito, me ne serve dell'altro.»

«Lo avrai, non temere. Ma voglio dei risultati... e presto» replicò Nida con sguardo crudele.

13
La casa della strega

Era una splendida giornata di sole. Il professor Schlafen lo diceva sempre: «Non c'è nulla di bello come l'azzurro del cielo bavarese quando splende il sole.» Ed era vero. A Roma il bel tempo era qualcosa di scontato: quando apriva le finestre della sua stanza, sul lago di Albano, Sofia sapeva che nove volte su dieci avrebbe trovato un sole intenso e brillante a baciarla. Ma lì a Monaco il sereno era una conquista sudata. Appariva all'improvviso, dopo una processione di giornate bigie, e ogni volta destava la stessa meraviglia. Era come se la città intera sorridesse. E così era quella mattina, non meno gelida delle altre, ma con un delizioso sentore di primavera. Era molto presto, e Sofia era ancora assonnata. In tram si era addirittura appisolata, e Lidja aveva dovuto svegliarla poco prima della loro fermata.

L'Englischer Garten era il posto più logico in cui pensavano di trovare Nida, lì dove già una volta si era data appuntamento con i suoi alleati.

Ma Nida evidentemente non era così prevedibile: dopo lo scontro della notte precedente, doveva aver scelto un altro rifugio, perché in quattro ore di appostamento le due ragazze non scorsero traccia di lei.

Decisero quindi di seguire una seconda pista: forse Nida aveva deciso di pedinare Karl. E la scuola del ragazzino era quindi il posto migliore per intercettarla.

Si nascosero nei pressi dell'istituto. Karl era rimasto a casa quel giorno, e Nida, non vedendolo uscire, probabilmente si sarebbe diretta là dove aveva posto il suo nascondiglio.

Così fu. Qualche minuto prima delle quattro, la intravidero seduta al tavolino di un bar poco distante, intenta a leggere una rivista. Attesero un bel po' prima che, visibilmente irritata, si alzasse e se ne andasse.

La seguirono per tutta la città, finché all'orizzonte non comparve la silhouette bassa e lunga del palazzo di Nymphenburg. La luce del tramonto aveva già iniziato a incendiare il lago davanti all'edificio, diffondendo nell'aria un'atmosfera magica.

"Ha scelto un posto così bello per la sua tana… perché?" si chiese Sofia.

In quegli ultimi giorni si era informata sulla storia della Baviera e aveva scoperto che per molto tempo aveva costituito uno stato a parte, staccato dalla Germania. La Residenz, il luogo in cui Effi, Karl e Nida si erano incontrati nell'originale corso degli eventi, era il palazzo reale vero e proprio. Nymphenburg era invece una villa fuori porta, una residenza estiva che Monaco, nella sua crescita da città moderna, aveva pian piano inglobato.

Il palazzo era di un bianco luminoso, con un grande corpo centrale e due ali laterali, su cui spiccava un brillante tetto rosso. Effi le aveva raccontato che d'inverno, sul lago e soprattutto lungo i canali che circondavano la costruzione, gli abitanti della città si dedicavano a vari sport. Si potevano vedere bambini pattinare, e gente giocare a una specie di versione su ghiaccio delle bocce.

Ma adesso i ghiacci si erano sciolti, e sull'acqua scivolavano splendidi cigni e papere sonnacchiose. Le statue che costeggiavano il grande viale davanti all'ingresso erano ancora coperte dalle grosse gabbie di legno che le proteggevano dal freddo, e solo a primavera sarebbe state scoperte. Quell'immagine distolse Sofia dai propri pensieri e le ricordò il loro obiettivo: intrappolare Nida e portarla dal professore.

Non era ancora del tutto convinta di quel piano. Il loro scopo non era mai stato annientare gli avversari, ma recuperare i frutti. Forse, semplicemente, il professore non voleva che qualcuno si esponesse troppo al pericolo, ma ora che il nemico aveva superato il limite, era tempo anche per loro di passare alle maniere forti. E, non a caso, era stato proprio Fabio a decidere quel cambio di tattica.

La naturalezza con cui aveva proposto di catturare Nida aveva molto colpito Sofia. Era un'idea a cui lei non aveva mai pensato. Anche il professore era parso titubante, e ne avevano discusso a lungo. Ma la logica del ragazzo era inattaccabile. «Non possiamo permetterci di continuare così. È ora di avere informazioni chiare e prendere in mano la situazione: fra un paio di giorni Karl potrebbe essere morto.»

«Basta! Parlate come se fossi già cibo per i vermi» era sbottato Karl. «Fino a questo momento siamo solo riusciti a cambiare la storia in peggio: Nida ha tentato di uccidermi prima del tempo.»

«Ha ragione» aveva replicato Fabio. «Per questo dobbiamo catturare Nida e costringerla a confessarci qual è il loro piano per impedirle di nuocere a Karl.»

Era il suo carattere. Sofia non poteva fare a meno di percepire la sottile differenza che Fabio tendeva sempre a rimarcare tra se stesso e il resto del gruppo. Lui non era del tutto come loro, portava ancora segni profondi del periodo che aveva trascorso con il nemico. Ma era anche questo che le piaceva di lui. Aveva qualcosa di oscuro e misterioso che l'attraeva irresistibilmente. Così, quando si era offerto di trovare il nascondiglio di Nida, le era venuto istintivo prendere il coraggio a due mani e proporre di aiutarlo.

Ma i suoi sogni si erano infranti non appena il professore aveva stabilito le direttive per quella nuova missione.

«Non se ne parla, Fabio. Sei ancora convalescente.»

«Era niente più che una stupida ferita superficiale, è guarita e...»

«Ci andranno Sofia e Lidja. Tu farai la guardia a Karl.»

Un compito che Fabio aveva accolto con un sonoro sbuffo, mentre Sofia aveva mascherato a fatica la delusione per non lasciar trapelare troppo i suoi sentimenti.

Quella mattina, mentre si preparava a uscire, lui era già sveglio. Avevano fatto colazione in silenzio, seduti al tavolo del soggiorno sotto la luce fioca della lampada.

«Be', divertiti anche per me» le aveva detto lui con un mezzo sorriso. «Probabilmente per una volta mi sarebbe piaciuto lavorare con te, invece che salvarti la vita.»

Sofia si era sentita le guance in fiamme. «Be', in futuro... magari.»

«In bocca al lupo. Io mi preparo a fare il baby-sitter» aveva aggiunto lui con un'espressione ironica.

Sofia e Lidja arrivarono davanti ai cancelli del giardino di Nymphenburg e li trovarono sbarrati.

«Nida deve averli richiusi dietro di sé per precauzione. Tocca a te» disse Lidja sorridendo. Ormai Sofia si era specializzata in serrature e lucchetti: un sottile viticcio verde uscì dalla sua mano, si insinuò tra i cardini, e il cancello cedette con un lieve cigolio. Le due ragazze si infilarono dentro rapide. Davanti a loro si aprì un ampio viale, ai lati del quale si sviluppava un vero e proprio bosco.

«E adesso?» chiese Sofia.

«Seguimi. Vedi quelle tracce sul terreno? Sono le orme dei suoi anfibi, le conosco bene.»

Presero di lato, inoltrandosi nella vegetazione.

Gli alberi erano ancora addormentati per il lungo inverno, ma Sofia poteva sentirli vibrare di una vita nascente. Percepiva la linfa che riprendeva a scorrere timidamente nelle loro venature, ne avvertiva quasi i primi guizzi che preludevano alla nuova stagione. I rami erano spogli, ma le gemme non avrebbero tardato ad arrivare. Camminare in quel luogo le comunicava un senso di eccitazione, come se nuova energia fluisse dagli alberi alla terra e da lì, persino attraverso la pesante suola dei suoi scarponi, risalisse fino a lei, dai piedi alla punta dei capelli.

«Ci siamo quasi, non fare rumore» disse Lidja riportandola alla missione.

Superato un ruscello, attraversato in un paio di punti da piccoli ponti di legno, videro una costruzione apparire tra i rami degli alberi. Era una casetta di legno bianca, su due piani, con un tetto in parte spiovente e in parte a forma di cupola. Sulla cima, una palla d'oro e una specie di mezzaluna sfavillavano alla luce del sole al tramonto. Nonostante quel brillio sul cielo ancora azzurro, quella casetta non aveva affatto un'aria rassicurante. Le finestre erano sbarrate, e parte del legno era decorato a fingere un muro di mattoni. La vernice era però mezzo scrostata e cadente, e lo stesso poteva dirsi di quella bianca, che copriva una buona metà dell'edificio. Le finestre erano oscurate da veneziane dalle stecche diseguali, che lasciavano intravedere il buio che regnava all'interno. Sembrava quasi una casa dei giochi per un bambino molto ricco, e molto solo. L'immagine ricordò a Sofia l'enigmatico Ludwig II, sul quale aveva raccolto qualche informazione, incuriosita dai racconti di Karl. Era nato proprio in quel palazzo, e di certo aveva giocato in quel parco. A quanto aveva letto, le somigliava un po': malinconico e perso in un mondo pieno di eroi e creature fantastiche, se lo immaginava mentre passeggiava da solo in quei prati sconfinati, e magari si isolava in quella casetta diroccata lontana da tutto e da tutti.

Ma c'era anche qualcosa di oscuro in quel luogo, qualcosa che le faceva tremare i polsi. Sentì che le gambe si rifiutavano di proseguire. Lidja dovette provare una sensazione simile, perché si fermò anche lei e la guardò.

«È qui, lo sento.»

Sofia ebbe improvvisamente freddo. Qualcosa dentro quella casupola assorbiva la luce dell'esterno, gettando intorno una sinistra penombra.

«Secondo te dobbiamo entrare?»

Lidja annuì. Poi si chinò a terra togliendosi lo zaino dalle spalle e cominciò a rovistarci dentro. Tirò fuori un grosso involto dorato, l'arma che avrebbe permesso loro di sconfiggere Nida. Gliel'aveva data il professore quella mattina stessa.

«Un oggettino che ho portato con me da Castel Gandolfo, e che ho pensato potesse tornarci utile» aveva detto con una nota di orgoglio nella voce, aggiustandosi gli occhiali sul naso nel suo tipico tic. Sembrava una rete da pesca: era grande a sufficienza per avvolgere interamente il corpo di un adulto, e brillava di riflessi dorati. «L'abbiamo realizzata io e Thomas qualche tempo fa, dopo gli ultimi incontri con le promanazioni di Nidhoggr. È intrisa di resina dell'Albero del Mondo, ed è in grado di inibire i poteri di Ratatoskr e Nida. In particolare, non possono liberarsi in alcun modo dalla sua stretta.»

Lidja la mise sottobraccio e si alzò. «Quando vedremo Nida, ne prenderemo un capo ciascuna e gliela tireremo addosso prima che abbia il tempo di reagire.»

Andarono davanti alla porta, sotto un piccolo porticato di legno. Sofia aveva letto da qualche parte che l'architetto che aveva costruito quel posto aveva intenzionalmente cercato di farlo sembrare un'antica rovina. Ma il tempo l'aveva reso davvero una specie di relitto del passato. Ormai c'era poco di artefatto nella vernice scrostata, nelle finestre sconnesse e nell'aria di abbandono che emanava.

"Sembra la casa di una strega" pensò Sofia.

La porta era chiusa, e toccò di nuovo a lei forzare la serratura. Il legno era mezzo marcio, per cui non fu particolarmente complicato. La porta si aprì senza far rumore. Lidja e Sofia per precauzione decisero di togliersi stivali e scarponi, ed entrarono in punta di piedi. Il pavimento, sebbene di legno, era gelato. L'interno della casa era illuminato a sprazzi dalla luce che filtrava dalle imposte malandate. Tutto era di un grigio polveroso e mortifero, e sul soffitto le ragnatele tessevano una specie di velo che a tratti sfiorava le loro teste. Le pareti erano rivestite da una carta da parati a motivi floreali, mangiata dalla muffa e strappata in più punti. Quel locale era talmente angusto che Sofia sentì un terribile senso di oppressione, e fu quasi impaziente di raggiungere la scala che conduceva al piano superiore.

«Sei sicura che sia qui?» sussurrò, anche se l'istinto le diceva chiaramente che era il posto giusto. Nidhoggr amava la desolazione e l'abbandono, e quella costruzione ne era intrisa fin dalle fondamenta. Difficile dire se fosse a causa della presenza del nemico o perché così era sempre stata, ma l'atmosfera che vi regnava era perfetta per la viverna e i suoi.

Fecero una breve ricognizione dell'ambiente al pianterreno, ma non trovarono nulla. Nida era di sopra, ormai era certo. Si avviarono verso la scala.

Salirono i gradini con estrema lentezza. Era fondamentale coglierla di sorpresa.

Giunte in cima alla scala, si trovarono proprio sotto la cupola. Dal centro del soffitto pendeva un grosso lampadario a gocce di cristallo, completamente ricoperto da ragnatele spesse come tessuto. Lì c'era ancora meno luce che nel piano inferiore. Sembrava di camminare nell'inchiostro. Scorsero un porta socchiusa. Si avvicinarono caute e sbirciarono dentro. Sottili raggi luminosi penetravano dalle stecche sgangherate delle imposte, ma si estinguevano in un pulviscolo dorato prima di riuscire a toccare il pavimento.

Lei era lì, rannicchiata su un giaciglio; forse si stava appisolando.

Lidja e Sofia agirono in perfetta sincronia: si guardarono, presero ciascuna un lembo della rete e contarono mentalmente fino a tre. Poi, in un lampo, la gettarono contro Nida, che esplose in un grido di sorpresa.

Al contatto con la sua pelle, le maglie della rete emisero un lieve sfrigolio. Nida spalancò gli occhi all'istante, e per una frazione di secondo il suo volto si trasfigurò nel suo vero aspetto, quello di un rettile feroce. Lanciò un altro grido, che non aveva nulla di umano. Lidja e Sofia tennero salda la presa sulla rete e la tesero in modo da avvolgerla più strettamente attorno alla preda.

Nida si divincolava, mentre fiamme scure avvampavano intorno al suo corpo, ma si dissolvevano senza riuscire a oltrepassare le maglie fitte.

«Toglietemela di dosso, toglietemela di dosso!» urlava. Le sue unghie si allungarono in artigli e cercarono di allargare i buchi della rete. Era un animale in gabbia, e Sofia ne provò quasi pena. Ma non c'era spazio per la pietà, in una missione come quella. Rimpianse di non avere Fabio al suo fianco: lui non avrebbe esitato neppure un istante, e le avrebbe infuso il coraggio che le serviva.

Quando Nida fu completamente immobilizzata, Lidja tirò fuori dallo zaino un sacchetto di velluto e glielo lanciò contro il volto. Il contenuto si liberò all'istante, e una polvere verde dorato avvolse il corpo della nemica. Nida provò a strillare, ma la voce le si spense in gola. Ogni forza abbandonò il suo corpo, che pian piano si accasciò a terra, finché non smise di muoversi. Un'altra diavoleria del professore.

«Questa è una polvere che ricopre la Gemma» aveva spiegato loro. «Ha grandi poteri curativi, ma in particolare, come tutto ciò che riguarda l'Albero del Mondo, è nociva per il nemico. La quantità contenuta in questo sacchetto basterà a tramortire Nida per qualche ora, fino a quando non la interrogheremo.»

Lidja si rilassò, ma Sofia ci mise un po' prima di decidersi a mollare la rete. Le maglie le avevano inciso la pelle delle dita, lasciando profondi segni rossi. Era stato più faticoso del previsto.

«Legala con le tue liane» le suggerì l'amica sedendosi a terra con un sospiro. «Non vorrei che riuscisse comunque a liberarsi.»

Sofia obbedì, sebbene si sentisse spossata. Avvolse il corpo dell'avversaria e la rete in una fitta trama di liane legnose.

Era finita. Per qualche minuto si sentì solo il rumore dei

loro respiri affannosi, poi Lidja si appoggiò sulle mani.

«Non resta che aspettare che faccia buio, così potremo portarla dal professore volando, senza che qualcuno ci noti.»

«Già» concordò Sofia con voce triste. Si sentiva stranamente sporca, come quando, a Benevento, assieme a Fabio e a Lidja aveva creduto di aver ucciso Ratatoskr.

Non faceva per lei tutto quell'odio. Non faceva per lei infliggere sofferenza.

"Forse è per questo che combattiamo" si disse. "Perché io non sia mai più costretta a fare una cosa del genere."

Fuori, il sole scomparve all'orizzonte, tra gli alberi spogli.

14
La storia si ripete

La stazione era quasi deserta. Chiusi i negozi, nell'aria mancava quell'odore tipico di Monaco – un misto di cipolle e spezie poco diffuse in Italia – che di solito aleggiava nell'androne principale. I treni avanzavano pigri sulle rotaie, trasportando sparuti studenti e qualche pendolare.

Fabio sbadigliò, provato dalla mancanza di sonno degli ultimi giorni. Aveva cercato di rigare dritto e fare quello che gli aveva ordinato Schlafen, ma non ci era riuscito. Lo sapeva, stava tradendo la fiducia dei Draconiani ancora una volta: sarebbe dovuto rimanere con Karl ed Effi per proteggerli da eventuali attacchi. Ma loro erano al sicuro, si disse. Né Nida né Nidhoggr sapevano dove si trovava il loro nascondiglio, e restare rinchiuso con loro significava sottrarre energie alla vera missione, e rischiare di soccombere ancora una volta. Come nel gioco degli scacchi, adottare una tattica difensiva troppo a lungo alla fine non premiava: arrivava il momento in cui era necessario passare all'attacco. E la mossa successiva poteva essere solo una: fermare Ratatoskr e farsi finalmente giustizia.

Per quanto fosse *davvero* intenzionato ad aiutare gli altri, per quanto percepisse un legame tra sé e i suoi simili, compreso quel ragazzino paffuto e saccente, Fabio sapeva di essere diverso e di non poter soffocare la propria natura. Se era finito in mano al nemico e l'aveva servito, non era un caso. Qualcosa in lui lo rendeva un cacciatore solitario. Doveva chiudere i conti in sospeso prima di potersi sentire a tutti gli effetti parte del gruppo.

Così, con una scusa, si era separato da Karl ed Effi ed era tornato al Monopteros, nell'Englischer Garten. Aveva indossato un cappotto e un pesante cappello in feltro presi dal guardaroba dello zio di Effi, per essere meno riconoscibile e pedinare il nemico senza essere notato. E là, dopo due ore di appostamento, lo aveva visto.

Assicuratosi che nessuno lo stesse guardando, Ratatoskr aveva sollevato una pietra che nascondeva una profonda buca, e ne aveva tratto un involto di stoffa.

Fabio aveva cercato di vedere di cosa si trattasse, ma il giovane l'aveva subito riposto in una borsa di velluto che portava a tracolla. Poi, con calma, si era diretto alla stazione dei treni, e lui l'aveva seguito.

Ora Ratatoskr passeggiava vicino a una biglietteria automatica, in evidente attesa.

"Perché è venuto proprio qui, alla stazione?" si chiese Fabio. Guardò l'orologio: tra pochissimo avrebbe dovuto trovarsi con il professore e gli altri nell'appartamento di Effi, ma ovviamente non ci sarebbe andato. Era sicuro che Lidja e Sofia ce l'avessero fatta, e che Nida fosse ormai prigioniera. Potevano benissimo cavarsela senza di lui. Del resto non aveva mai avuto dubbi su Sofia e sulle sue capacità di Draconiana. Era solo che, da quando le aveva salvato la vita, non riusciva a pensare a lei se non come a una creatura fragile. Non l'avrebbe confessato neppure sotto tortura, ma era lei quella del gruppo cui si sentiva più legato. Forse era quello che avevano condiviso, l'essersi reciprocamente salvati, chissà. Ma teneva a lei, in un modo che faticava ad accettare. Per questo preferiva evitarla. Non era abituato all'affetto: non ne voleva ricevere, ma soprattutto non ne voleva dare. Da quando sua madre era morta, aveva deciso che mai più avrebbe sofferto così tanto per qualcuno.

Sofia guardava insistentemente la porta d'ingresso dell'appartamento di Effi. Lui non era ancora arrivato. Dov'era finito? Non si era presentato a cena, eppure Karl aveva riferito che era stato con lui tutto il giorno.

«È uscito a prendere una boccata d'aria, e ha detto che sarebbe tornato un po' in ritardo.»

Ma questo era molto più che un ritardo. Nemmeno il professore sembrava tranquillo.

Sofia sudava freddo. «Credi… che… gli sia successo qualcosa?» chiese, senza avere il coraggio di finire la frase.

«No, no. È forte, non c'è da preoccuparsi. Sai com'è fatto.»

«Certo, è inaffidabile» puntualizzò Lidja.

«Ci ha aiutati. E mi ha salvato la vita» ribatté Sofia offesa.

«Per poi farsi i fatti suoi per più di un mese, o sbaglio?»

«Adesso è tornato.»

«Ma qui non c'è.»

«Basta, voi due!» tagliò corto il professore. «Nida riprenderà i sensi a breve, e allora non potremo più aspettare. L'idea è stata di Fabio, ma tocca a noi portarla fino in fondo. Quando avremo finito, ci occuperemo anche di rintracciare lui.»

"Ci andrò io" pensò Sofia. "Dovessi anche girarmi tutta Monaco, lo troverò."

Sentiva un nodo in gola che non voleva saperne di sciogliersi. Certo, era per Fabio, ma anche per la situazione in cui si trovavano, e per quanto sarebbe successo di lì a poco. La parola "interrogare" le faceva venire in mente torture medievali e altre pratiche da Santa Inquisizione. E poi, quel corpo inerte ai suoi piedi, avvolto nella rete del professore e nelle liane che lei stessa aveva evocato, la faceva star male. Nida era incosciente, ma di tanto in tanto si scuoteva appena. Evidentemente soffriva per il contatto con la resina dell'Albero del Mondo.

A sorpresa il professore le si sedette accanto e le mise un braccio intorno alle spalle. «Non ti piace, vero?»

Sofia si riscosse e lo guardò senza sapere cosa rispondere. Si vergognava un po' di quella sua debolezza.

«È normale, ed è giusto. Non piace neppure a me. Ma purtroppo a volte siamo costretti a fare cose spiacevoli, pur di proteggere ciò che ci sta a cuore. Fa parte della maledizione del nostro ruolo. L'importante è non venire mai meno a quei principi che consideriamo irrinunciabili. E noi non lo faremo.»

Il suo sguardo era deciso, e Sofia se ne sentì rassicurata. Poi qualcosa si mosse ai margini del suo campo visivo.

«Sta riprendendo conoscenza» disse Lidja.

Accorsero tutti intorno al corpo di Nida, che si riscosse e aprì gli occhi.

Li guardò a uno a uno, soffermandosi con astio su

ciascun volto. «Lasciatemi andare» ringhiò, mentre cercava di evocare lampi neri che si estinguevano all'istante contro le maglie della rete.

«È inutile che ti sforzi» la avvertì il professore. «La rete in cui sei avvolta ti impedisce di usare i tuoi poteri. Ti consiglio di startene tranquilla, o rischierai solo di farti male.»

«Questa roba brucia» protestò Nida con un tono improvvisamente lamentoso, sofferente.

Il professore rimase impassibile. «Allora vediamo di farla breve.»

Guardò Effi, e la donna venne verso di lui. Assieme, tirarono su Nida fino a farla mettere seduta. I suoi occhi sembravano voler incendiare i presenti.

Il professore si chinò alla sua altezza. «Dov'è il frutto?» chiese diretto.

Nida si limitò a sorridere con ferocia.

«Sappiamo che sai dove si trova, o che lo intuisci, e presto andrai a prenderlo. Dicci dov'è e sarai libera.»

«E cosa ne ricaverei? Pensi davvero che io possa dirtelo? Eppure conosci Nidhoggr, la sua crudeltà. Mi ucciderebbe, se parlassi.»

«Quella rete ti fa male, lo so. La resina dell'Albero del Mondo è tossica per la tua pelle. E io non ti libererò finché non avrai parlato.»

«Soffro volentieri, per il mio Signore» ribatté lei, la fronte imperlata di sudore.

«Ho anche altri mezzi per convincerti a sciogliere la lingua.»

Nida rise forte. «Ma cosa vuoi farmi credere? Che mi uccideresti? Anzi, che lo faresti fare a uno dei ragazzini? Vi conosciamo da migliaia di anni, e sappiamo quali sono i vostri metodi. Non contemplano né la tortura né l'uccisione a sangue freddo. Perché voi non avete patito quel che hanno patito le viverne, perché voi non siete stati nell'oscurità a lungo come noi.»

«Nulla giustifica quello che avete fatto ai draghi e all'Albero del Mondo» la interruppe Schlafen.

«E quello che voi avete fatto a noi?» replicò lei. «Quello che ha patito il mio Signore non lo consideri? Senza contare che ha sofferto proprio a causa di chi più amava.» E guardò Sofia.

La ragazzina rimase immobile. Non riusciva a capire, non riusciva a seguire il dialogo. Ma quelle parole le davano i brividi.

«Basta così» tagliò corto il professore. Si alzò, prese la sua pesante borsa di pelle e ci frugò dentro.

«Qualsiasi cosa tu faccia, è inutile. Te lo assicuro. Il mio Signore è potente, non credi che abbia perfettamente in pugno la situazione?»

Il professore ostentava indifferenza mentre tirava fuori dalla borsa una piccola ampolla piena di un liquido brillante, verde e cristallino, che vorticava dentro il vetro. «Lo riconosci?»

Nida strisciò istintivamente verso il muro.

«Sì, lo riconosci» aggiunse calmo il professore. «Puoi ancora collaborare da sola, e dirci quello che sai. Altrimenti...» e scosse l'ampolla.

«Non oserai...» sibilò Nida tra i denti.

«La scelta è tua. Puoi parlare, o ti faccio parlare io.»

I due rimasero a squadrarsi per qualche istante, poi il professore avanzò.

«Mi farai uccidere! Il mio Signore mi ucciderà!» urlò Nida.

Schlafen si girò verso i Draconiani. «Aiutatemi a tenerla ferma.»

«Prof... cos'è?» sussurrò Sofia.

«Un siero della verità distillato con estratti della Gemma. Se non lo uso in fretta, si farà male sul serio con quella rete. Su, aiutatemi.»

Sofia dovette farsi forza per avanzare, e assieme a Lidja agguantò Nida, cercando di tenerla ferma. Ma lei si divincolava come una pazza, sebbene le corde della rete le segassero la carne. Fu Effi, implacabile, ad aprirle la bocca. Il professore le versò tutto il contenuto della boccetta in gola, poi le mise una mano sulle labbra. Nida continuò ad agitarsi per qualche istante, come impazzita, poi i suoi occhi si illanguidirono, fissando il vuoto, e il suo corpo si rilassò.

«Potete lasciarla» disse il professore.

Sofia ringraziò il cielo. Odiava quei metodi, e per di più le parole di Nida non volevano smettere di riecheggiarle nella testa.

Schlafen si chinò di nuovo all'altezza della prigioniera. «Dov'è il frutto?»

Nida rimase imbambolata, come se neppure avesse sentito la domanda. Il professore le prese il mento tra le dita e le volse la testa in modo che lo guardasse negli occhi.

Le pupille di Nida ci misero un po' a focalizzarlo.

«Non lo so» rispose piano, come ubriaca. Nella stanza scese il gelo.

Il professore guardò la boccetta vuota, domandandosi se la quantità di siero che aveva usato fosse sufficiente. «Non è vero. Devi averne almeno una vaga idea.»

Nida scosse la testa. «Non sono io a occuparmi del frutto, ma Ratatoskr. Io dovevo solo eliminare il Draconiano, una volta conquistato il suo frutto, e controllare che non commettesse qualcosa contrario ai nostri piani. Non mi sono mai fidata completamente del nostro infiltrato.»

Nessuno sembrava capirci più nulla.

«E chi sarebbe?» chiese il professore.

Nida fissò uno sguardo divertito nei suoi occhi. «Davvero non avete mai sospettato nulla?»

«Prof, ma cosa le hai dato?» intervenne Lidja. «Dice cose senza senso...»

Il professore la zittì con un gesto della mano. «Continua» esortò Nida.

«Abbiamo scoperto che venite dal futuro, e che siete tornati per intralciare i nostri piani. Sapevamo che passavate il vostro tempo alle calcagna di quel ridicolo ragazzotto per proteggerlo e impedirci di fargli del male. E quella notte mi sono introdotta nel suo appartamento per attirarvi in una trappola, e darvi quel che meritate... Era tutta una messinscena per uccidere voi, non Karl. E invece ti sei difesa bene, occhioni verdi...» sibilò, fissando Sofia. «Ma non avrei mai potuto fare nulla senza l'aiuto della mia informatrice.»

Sofia pian piano iniziava a capire, e ne era sconvolta. Perché se davvero le cose erano andate come immaginava, avevano covato una serpe in seno.

Il volto del professore era terreo. «Di chi stai parlando?»

Nida spostò lo sguardo da Sofia alla donna che stava al suo fianco. «Della Custode.»

Effi impallidì all'istante. «No... io...» balbettò, sgranando gli occhi.

Ma Nida continuò spietata: «È lei che ci ha raccontato tutto. Ed è grazie a lei che il frutto tra poco sarà nelle mani di Ratatoskr.»

Nella stanza scese un silenzio sgomento. Tutti gli sguardi erano puntati su Effi, ma nessuno osava parlare.

Fu il professore a rompere quella coltre di gelo. «Effi. È vero quello che dice?»

La donna non rispose. Abbassò lo sguardo, annientata dalla vergogna.

Sofia non l'aveva mai digerita del tutto, ma la sua antipatia era dovuta solo alla gelosia, ora riusciva ad ammetterlo senza problemi. Era gelosa del modo in cui Effi aveva subito conquistato il professore, di come quei due si guardavano, della confidenza che si era creata fra loro. Ma mai, mai e poi mai avrebbe sospettato che quella donna li stesse tradendo.

Effi guardava fisso a terra, senza alcuna intenzione di muoversi o fuggire. Sembrava lei la prima annichilita dalla rivelazione.

Forse non era colpa sua, pensò Sofia. Sapeva quanto Nidhoggr fosse maestro nel piegare al proprio volere le persone: lo faceva con gli Assoggettati, semplici umani che riduceva a manichini proni alle sue volontà tramite innesti metallici. L'aveva fatto persino con Fabio, che aveva scelto scientemente di combattere assieme a lui per un periodo, ma solo perché Nidhoggr aveva saputo far leva sulle sue debolezze, sulla sua disperazione.

Effi però era un Custode. Come aveva fatto Nidhoggr a corromperla?

Il professore fissò la donna con freddezza; era pallido, e le sue mani tremavano. «Effi, perché?»

Lei sollevò la testa, disorientata. Sembrava non capire cosa stesse succedendo. Il professore le mise le mani sulle spalle e le piantò negli occhi uno sguardo che voleva essere implacabile, ma che tradiva un profondo dolore.

«Io non ricordo questa donna... Non ricordo di averle mai parlato... Io sono innocente!» proruppe infine.

Nida scoppiò in una lunga risata. «Non ti ricordi come ti sei affidata a me, come hai accettato quel che ti offrivo?»

«*Das ist gelogen*!» urlò Effi con tutto il fiato che aveva in gola.

I ricordi la travolsero come un'ondata, riportando in superficie immagini troppo drammatiche perché la memoria potesse trattenerle senza farla sprofondare nella follia.

«È vero, ti avremo anche assoggettata, ma in fondo al cuore tu lo *volevi*, volevi che tutto questo finisse, volevi essere libera da Karl e dalla missione» continuò Nida, conficcandole uno sguardo spietato negli occhi.

Effi si lanciò urlando contro Nida, e l'avrebbe colpita

se Lidja non l'avesse fermata, facendola cadere rumorosamente a terra. Effi strinse i pugni sulle piastrelle fredde e iniziò a piangere piano, con dolore infinito.

«Piangi, piangi pure… tanto sai che quanto ho detto è vero!»

«Ora basta» intervenne il professore. «Ci occuperemo più tardi di Effi. Non vedete? Nida sta cercando di metterci gli uni contro gli altri per distrarci dal nostro vero obiettivo. Tu resta qui con lei» disse rivolto a Lidja. «Ti lascerò un po' di siero per tenerla sedata. Se è vero che è Ratatoskr a condurre le ricerche del frutto, dobbiamo trovarlo immediatamente. Ho fondati sospetti che Fabio sia già sulle sue tracce, e ora potrebbe essere lui il Draconiano che dobbiamo salvare.»

Sofia era fuori di sé: le sembrava di trovarsi in un incubo. Un traditore tra loro, Fabio disperso e il frutto nelle mani del nemico. Dopo tutto quell'agitarsi, dopo aver cercato in ogni modo di rimettere le cose a posto, erano al punto di partenza, anzi, peggio. Per quanti sforzi avessero fatto, per quanto avessero tentato di cambiare ciò che era stato, la storia sembrava ripetersi, solo con attori diversi. Ora non si trattava più di Nida e Karl, ma di Ratatoskr e Fabio.

Le cose avevano preso una piega completamente inaspettata. Non aveva mai valutato la possibilità che cambiare il passato potesse finire per mettere in pericolo le persone cui teneva di più. Mai come ora capiva fino in fondo perché i draghi avessero scelto di distruggere per sempre la Padrona dei Tempi: il suo potere era davvero terribile.

Stavano per uscire, quando il professore si fermò. Si girò verso Nida e le rivolse un'ultima domanda: «Perché non avete ucciso subito Karl, se tra poco entrerete in possesso del frutto?»

Lei sorrise beffarda. «Finalmente ci siete arrivati. Perché Karl ci serviva per trovare il frutto, ecco perché non l'abbiamo ancora ucciso. E ci serve anche ora… ma non per molto. Perché proprio in questo momento sta avendo la visione che ci rivelerà il nascondiglio del frutto. Ed Effi è lì con lui, pronta a ucciderlo.»

15
Tradimento

Era buio. Karl avanzava in un nero denso, lo scalpiccio dei suoi passi che riempiva lo spazio. A giudicare dal rumore, stava camminando su una specie di sentiero di montagna.

Le immagini erano caotiche, inquietanti. Il buio di tanto in tanto cercava di coagulare in qualcosa di più definito, una forma gigantesca dall'aspetto familiare. C'erano del blu, del rosso, un corpo enorme. E una voce.

Sulla rocca… tra i monti…

Aldibah. Era lui di certo. La sensazione di nostalgia e calore che Karl stava provando era inequivocabile. Ma non riusciva a vederlo, e anche la sua voce era distante e confusa.

Continuò a camminare, spinto da un istinto che non riusciva a spiegare. La strada, invisibile, aveva preso a salire. L'immagine nebulosa di Aldibah scomparve, per far posto a una creatura bianca e lontana… un uccello, forse. Intorno, grosse figure nere dai contorni indistinti. Karl provò ad accelerare il passo, ma per quanto corresse, la creatura bianca era sempre più distante.

Insisti, Karl… Devi raggiungere la rocca… È lì…

Poi la voce di Aldibah si spense in un grido roco, e le figure mostruose inghiottirono l'uccello bianco. L'oscurità si addensò e prese la forma inequivocabile di due viverne gigantesche, una nera e una viola, le bocche spalancate al cielo. Due grida stridule, insopportabili, sovrastarono ogni altra voce, e Karl fu risucchiato in un gorgo di terrore, un terrore che altre volte aveva provato, nei sonni infestati di incubi degli ultimi tempi. Le viverne crebbero a dismisura, fino a riempire tutto lo spazio, fino a stritolare il corpo di Karl. Il ragazzino provò a urlare, ma i corpi dei mostri gli bloccavano il petto, e non riuscì a emettere neppure un suono. Zanne schioccarono a un nulla dalla sua testa, artigli affilati come coltelli cercarono la sua gola. Karl spalancò la bocca, ancora e ancora, in un urlo desolatamente muto. E quando le fauci di una delle due viverne si dischiusero sulla sua testa, quando ne sentì l'alito caldo che sapeva di sangue, quando seppe con ogni fibra del corpo che non c'era più scampo, aprì di colpo gli occhi.

Alla luce fioca che entrava dalla finestra, riconobbe i mobili della camera che occupava nella casa dello zio di Effi. Un incubo, nient'altro. Come accadeva sempre più spesso, ormai.

Karl cercò di regolarizzare il respiro, quando una figura seduta accanto al letto attirò la sua attenzione. Gli ci volle qualche secondo per capire chi fosse, senza occhiali e dopo lo spavento dell'incubo, e per un attimo provò paura. Ma tirò subito un sospiro di sollievo. Era Effi.

«Mamma...» disse piano. «Non hai idea di che orribile sogno ho appena fatto. È stato atroce. C'era Aldibah, come sempre, e poi una creatura bianca che non riuscivo a vedere bene. Ma a un tratto due viverne l'hanno divorata. La voce di Aldibah è svanita, e io ho creduto di morire.»

Effi lo guardava in silenzio.

«Mamma?» ripeté Karl.

Lei non rispose.

Il ragazzino allora si protese verso di lei e cercò il conforto di un abbraccio.

Effi allargò le braccia per accoglierlo, senza dire una parola.

E fu in quell'istante che Karl vide il coltello nella sua mano. L'istinto del drago fu più veloce della lama e gli permise di disarmarla con un colpo d'artiglio.

«Mamma!» gridò scioccato.

Effi non diede mostra di riconoscerlo. I suoi occhi erano spenti e gelidi. Si lanciò su di lui. Karl si scostò, sottraendosi al colpo, mentre il neo già brillava sulla sua fronte.

«Sono io, sono Karl!» urlò.

Non servì a nulla. Effi raccolse l'arma da terra e gliela scagliò addosso, rapida e precisa come un lanciatore di coltelli. Karl si gettò sul pavimento, ma la punta della lama riuscì a lacerare la stoffa del pigiama e a ferirgli una spalla.

«Mamma, torna in te! Cosa sta succedendo?»

Non voleva combattere, non contro di lei. Ma Effi sembrava un'altra persona. Il suo sguardo era acceso di riflessi rossi, quasi fosse indemoniata. Si muoveva meccanicamente, come un automa, animata dall'unica volontà di ucciderlo. Karl non riusciva a reagire. Scappò nella sala da pranzo senza smettere di invocare la madre, cercando di farla tornare in sé.

«Fermati, sono Karl!» urlò, ma una nuova coltellata lo raggiunse alla spalla, strappandogli un grido di dolore. Una macchia rossa sbocciò sulla stoffa del pigiama, e Karl si arrese all'evidenza. Doveva difendersi.

Dai suoi artigli partì un raggio azzurro che finì contro la parete, ghiacciandola.

Cercò di mantenere la lucidità. Era Effi, quella che aveva davanti, non un nemico qualsiasi, non la ragazza dai capelli biondi. Era Effi, sua madre, l'unica persona che contasse nella sua vita, colei che gli aveva insegnato tutto quel che sapeva, che l'aveva protetto, cresciuto, amato.

Fece partire un secondo lampo di ghiaccio, ma la donna si gettò di nuovo su di lui. Caddero a terra, e lì rimasero lottando l'uno contro l'altra. Effi cercava di stringere le mani intorno al suo collo, Karl di difendersi come poteva con gli artigli. Si fosse trattato di qualcun altro, ne avrebbe avuto ragione in brevissimo tempo. Ma con Effi non ci riusciva: la preoccupazione di non ferirla, di non farle del male, superava persino il desiderio di salvarsi.

Un'altra coltellata gli sfiorò l'addome, e Karl capì di essere davvero in pericolo di vita. Chiuse gli occhi, tese gli artigli con tutte le proprie forze, e urlando riuscì ad aprire le braccia in un ampio movimento circolare che gli permise di staccare da sé il corpo di Effi.

La sentì strillare, e subito si sollevò in piedi.

«Stai bene?» disse preoccupato. Le aveva colpito il volto: due ampi tagli rossi le attraversavano la faccia da una guancia all'altra, e il sangue ne colava lento. «Effi!» la chiamò con voce supplichevole, andando verso di lei.

Ma neppure il dolore la fermò. Scattò in avanti e lo inchiodò a terra.

Karl non aveva più la forza di opporsi, non *voleva* farlo. Veder scorrere il sangue di colei che aveva sempre considerato una madre l'aveva svuotato di ogni volontà. Giacque a terra, gli occhi fissi al soffitto, in attesa del colpo di grazia.

"Tutta questa fatica, e finisce esattamente come sarebbe dovuta finire da principio" pensò con tristezza. "Eppure, se così dev'essere, meglio per mano di Effi che della straniera con i capelli biondi."

Ma il colpo non arrivò. Qualcuno si gettò addosso a Effi con un grido, e i due corpi rotolarono a terra, strettamente avvinghiati.

«Stai bene?» chiese una voce.

Era Sofia. Karl la fissò incredulo, poi spostò lo sguardo sulla lotta che stava avendo luogo a pochi passi da lui. Era una scena incredibile: a salvarlo era stata la Effi del futuro. Le due donne erano a terra, e la Effi del futuro, sebbene non avesse le armi della sua alter ego del passato, lottava come una furia, incurante delle ferite che la lama le stava disegnando su braccia e gambe. Stringeva le mani intorno al collo dell'altra, con forza e disperazione.

Sofia accorse ed evocò un fascio di liane che dalle

dita proruppero verso la Effi del passato. Con precisione chirurgica ne avvolsero il corpo, immobilizzandola. Quindi la sollevò in alto e con violenza la sbatté contro il muro. La donna perse conoscenza, e finalmente fu pace.

Effi si precipitò verso Karl e gli chiese qualcosa in tedesco, accarezzandogli il corpo ed esaminandogli le ferite. Il professore andò verso di loro e li abbracciò.

«Va tutto bene, è finita» mormorò, ed Effi si sciolse in un pianto disperato.

A un tratto si udì un mugolio. La Effi a terra stava riprendendo conoscenza. Sofia evocò ancora Thuban, pronta a usare di nuovo i propri poteri. Ma la donna si dibatteva come in preda al dolore, e non sembrava cercare di liberarsi. Urlò alcune parole in tedesco, e Sofia vide le vene del suo volto ispessirsi ed emergere gonfie verso la superficie. La sua pelle si scurì e le sue grida aumentarono, finché, in un lampo di luce nera, il suo corpo semplicemente si dissolse. A terra rimasero solo le liane che l'avevano bloccata, e una specie di piccolo bozzolo, dal quale sgorgava un liquido nero. Sofia indietreggiò sconvolta.

«Sta' qui» disse il professore a Effi, e si avvicinò al bozzolo. Notò che si muoveva leggermente, e in trasparenza lasciava intravedere la sagoma di un minuscolo animale. «Santo cielo... che diavoleria è mai questa?»

esclamò. Poi prese il bozzolo con un fazzoletto e, avendo cura di non lasciarsi contaminare dal liquido nero, lo esaminò più da vicino. «Non posso crederci… è l'embrione di una viverna.»

«Cos'è successo?» chiese Sofia con un filo di voce.

«Questa è opera di Nidhoggr» disse il professore alzandosi. «Questa è la ragione per cui Effi ci ha traditi.»

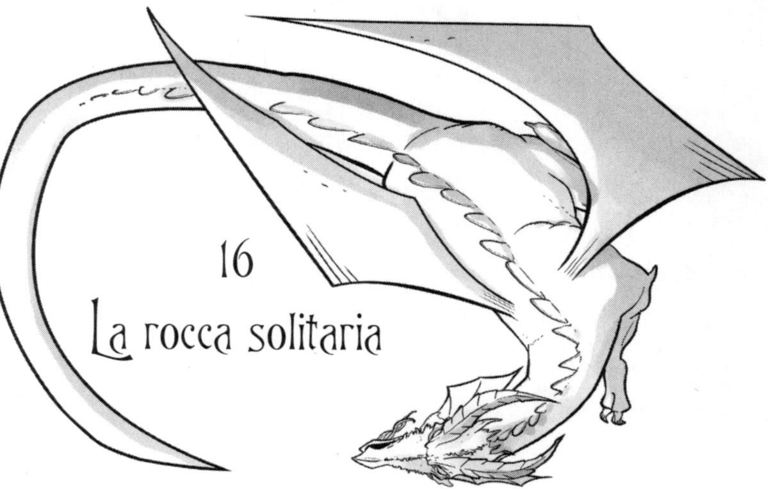

16
La rocca solitaria

Fabio aveva appena finito di sorseggiare un tè, per scaldarsi durante l'attesa nel gelido atrio della stazione, quando vide la borsa di Ratatoskr illuminarsi all'improvviso.

Fu un bagliore intenso e fulmineo, come se qualcosa all'interno si fosse animato. Dopo quel forte sfavillio, iniziò a pulsare di una luce più tenue e intermittente: Ratatoskr sembrò esultare, e si diresse in fretta in un angolo più appartato della stazione, ignaro della presenza di Fabio.

Trepido ed eccitato, estrasse dalla borsa un oggetto e lo prese con cura tra le mani.

«Finalmente» disse tra sé e sé, ammirandone la superficie. «Un cigno, una grotta, una cascata. Finalmente abbiamo la posizione del frutto!»

Assaporò quel momento di gloria solo un istante, e senza indugiare oltre corse alla biglietteria automatica.

Fabio si tirò la sciarpa fin sopra il naso, calò la tesa del cappello e aguzzò la vista di drago, per poter sbirciare la destinazione: Füssen.

Il treno era già stato annunciato all'altoparlante: gli restavano solo dieci minuti per fare il biglietto.

A bordo c'erano praticamente solo loro due, e Fabio dovette sedersi in un altro vagone per non destare sospetti. Rimanere sveglio fu un'impresa: fuori regnava il buio assoluto, rotto di tanto in tanto dalle luci di case isolate.

Dopo due ore di viaggio, arrivarono alla stazione ferroviaria di Füssen, a quell'ora completamente deserta. Fabio attese che Ratatoskr fosse sceso, e poi prese anche lui la via dell'uscita. Il freddo lo gelò appena mise piede fuori. Si insinuava attraverso le maniche, giù per il colletto, persino tra bottone e bottone. Lì in montagna c'era ancora la neve.

Scrutò la strada, su cui i lampioni proiettavano fiochi tondi bianchi. Nessuna traccia di Ratatoskr. Stava già per darsi dell'idiota per esserselo fatto sfuggire con tanta facilità, quando guardò in alto e vide uno spettacolo che gli mozzò il fiato. Il castello. Aggrappato come un rapace a un picco roccioso, si stagliava nell'oscurità simile a un fantasma nella notte, i contrafforti illuminati dalla luce pallida della luna. Irto di pinnacoli e torrioni che sembravano forare il cielo, emergeva dalla nebbia altero e maestoso. Fabio l'aveva visto sul dépliant che aveva preso alla stazione di Monaco. Neuschwanstein, si chiamava, un nome per lui assolutamente impronunciabile, ed era l'ultimo maniero che Ludwig II si era fatto costruire. Nelle sue intenzioni, doveva essere il suo castello incantato, il posto in cui i suoi sogni avrebbero potuto prendere forma, nel quale ritirarsi quando la vita di corte si faceva troppo pesante. Sembrava davvero un luogo di fiaba, popolato di dame e principesse. Ma a quell'ora e con quella luce, aveva qualcosa di tetro e solitario. Pareva abitato da uno spirito inquieto, la dimora inaccessibile di un uomo desolatamente solo.

Fabio si riscosse. Non era lì per fare il turista. Di Ratatoskr non c'era ancora nessuna traccia. Poi spostò appena lo sguardo, verso la luna luminosissima che si alzava sul pelo della bruma, e vide una sagoma alata. Quella figura che volava piano verso la rocca era troppo grande per essere un uccello, e troppo piccola e silenziosa per essere un aereo. Non poteva trattarsi che di Ratatoskr.

Fabio si guardò attorno. La cittadina era immersa in un sonno profondo. Lasciò che il neo sulla sua fronte si accendesse, e immense ali di fuoco gli apparvero sulla schiena. Si sentì subito rincuorato dal loro calore, e parte della neve a terra si sciolse sotto la carezza delle fiamme. Poi fece un piccolo balzo, e fu in cielo. Puntò verso la rocca, sorvolando uno scenario mozzafiato: sotto di lui si stendevano picchi innevati, abeti piegati dal peso della neve e rocce aspre. Non riuscì a sottrarsi al fascino glaciale di quel luogo, nonostante fosse tutto teso verso la propria missione. C'era qualcosa in quel panorama che risuonava con la sua anima, con il suo essere solitario e schivo. Si alzò sopra i pendii e sparì nella nebbia. Tutto intorno a lui divenne lattiginoso, indistinguibile. Ma la luna disegnava un chiaro alone tra le brume e gli indicava la via. Quando uscì dal banco di nebbia, il castello gli si stagliò davanti in tutta la sua imponenza. Fabio ne accarezzò il profilo con lo sguardo, ne sorvolò le torri austere fino ad appollaiarsi sulla massicciata dell'ingresso. Si appiattì contro il muro e ritrasse le ali.

Ratatoskr era svariati metri sotto di lui, davanti al portone. Evocò una grande fiamma nera, e lo aprì. I cardini cigolarono, e quel rumore si ripercosse per tutta la stretta valle, rimbalzando di roccia in roccia e riempiendo di gemiti i picchi intorno.

Fabio attese che si fosse spento, e che tra sé e il nemico ci fosse distanza a sufficienza. Quindi scese in picchiata ed entrò anche lui.

Dentro faceva freddo quasi quanto fuori, tanto che Fabio era circondato dalla nuvoletta candida del proprio fiato che si condensava nell'aria gelida. Non poteva nemmeno evocare le fiamme, altrimenti Ratatoskr l'avrebbe visto.

Si trovava in un locale arredato con una serie di tavoli e sedie di legno. Lo stesso legno rivestiva le pareti fino a circa un metro e mezzo da terra, per poi cedere il posto a una carta da parati decorata, di cui non riusciva a distinguere il colore. Una debole luce filtrava dalle finestre, schermate da pesanti vetri piombati, ma gli bastò evocare gli occhi di Eltanin perché lo spazio intorno a lui divenisse luminoso come fosse giorno. Avanzò piano. Ratatoskr doveva essere un paio di stanze più in là.

Attraversò due sale identiche a quella d'ingresso, e poi salì due rampe di scale. Tese le orecchie allo spasimo, sfruttando al massimo i poteri del drago che abitava in lui. Passi. Felpati, ma chiarissimi, poco più avanti.

Procedette, e si ritrovò in un salone dalle basse volte a botte riccamente decorate. Sulle pareti si disegnavano complessi affreschi di eroi seminudi, i corpi possenti e muscolosi. E ancora legno. Fabio ne ricavò una sensazione di pesantezza, come se quella sala fosse un monumento al *troppo*: troppo decorata, troppo bassa, troppo scura. C'era qualcosa di opprimente in quel posto. E qualcosa di oscuro. Probabilmente era solo la presenza di Ratatoskr che sottraeva luce e gioia al maniero, o forse era l'impronta di tristezza che il suo ideatore aveva lasciato nel castello. I luoghi spesso si intridono dell'anima di chi li ha vissuti.

Andò avanti, finendo in un'enorme sala ancora più assurda della precedente. Sembrava di essere in una specie di chiesa tra l'arabo e il bizantino. Sopra di sé vide una volta dipinta di un azzurro accecante, che riprendeva il blu violento di una serie di colonne. Al centro del salone troneggiava un lampadario immenso, dorato, tempestato di gemme. Il marmo a terra brillava in modo incredibile, e le pareti, ancora una volta, erano un tripudio di decorazioni di ogni genere, intricate, asfissianti, onnipresenti. Fabio non riuscì a fare a meno di guardarsi intorno: si sentiva schiacciato da tutta quell'opulenza, e si domandò che razza di persona potesse trovarsi a proprio agio in un posto del genere. A lui dava fastidio persino la carta da parati a fiori in uno degli orfanotrofi di cui era stato ospite.

Procedette così, di stanza in stanza, sempre più oppresso dai decori in legno, dagli affreschi, dalle decorazioni via via più eccessive. Davanti a lui, come il battito di un cuore nascosto, il rumore dei passi di Ratatoskr, che andava spedito verso la propria meta.

Fabio passò per una sala che ospitava un letto a baldacchino, dal legno intarsiato con fittissimi fregi. Qualche artigiano doveva averci perso la vista a furia di scolpire dettagli sempre più fini. Come se non bastasse, sopra il letto si chiudevano pesanti cortine di un tessuto spesso. Quel giaciglio faceva venire in mente una bara. Poi, in un angolo, vide qualcosa che attirò la sua attenzione: era una specie di bovindo sospeso sulla valle, con un tavolino e una sedia. Dalle finestre si potevano osservare le montagne. Fabio avanzò piano, quasi religiosamente, e si affacciò. Il panorama gli tolse il fiato. Era un pensatoio, un luogo perfetto dove rifugiarsi quando ci si stancava della gente che non capiva, un posto adatto proprio a uno come lui. Appoggiò la mano al vetro gelido e contemplò la bellezza della valle. Sarebbe potuto rimanere lì per sempre, a crogiolarsi nella propria diversità, a riflettere sul proprio destino. Ma l'eco dei passi di Ratatoskr, più fievoli adesso, lo riscosse. Lo stava perdendo.

"Idiota, ti stai distraendo senza ragione" si disse, e riprese il suo cauto inseguimento.

Attraversò ancora un paio di sale piene di decori, finché non finì in un salone con colonne di marmo candido e il soffitto a cassettoni di legno. Da un lato c'era la splendida scultura in ceramica di un cigno. Sul solito dépliant, Fabio aveva letto che Neuschwanstein significa Nuova Rocca del Cigno, e che il cigno era proprio l'animale preferito di Ludwig. Cercò di non perdersi in ulteriori fantasticherie e procedette verso una porta appena accostata. Fu come finire in un'altra dimensione. Dovette stropicciarsi gli occhi per essere certo di non sognare.

Era in una grotta. C'erano stalattiti e stalagmiti, ghirlande di fiori appassiti sulle pareti rocciose, una specie di piccolo altare con delle candele. Inoltre quella sala era illuminata, a differenza di tutte le altre. Erano luci multicolori, rosse, gialle, azzurre. Fabio non avrebbe saputo dire se fosse un panorama paradisiaco o da incubo. Aveva l'inquietante sensazione di aver varcato una specie di portale dimensionale, una cosa da romanzo fantasy, e di essere finito in un mondo a parte. Si sentiva persino scrosciare l'acqua.

Avanzò cauto: c'era in effetti una cascata, che finiva in un piccolo ruscello. Ma di Ratatoskr neanche l'ombra. Non riusciva neppure più a sentire l'eco dei suoi passi.

Si guardò attorno, tornò nella sala precedente e andò in quella successiva: Ratatoskr sembrava essersi volatilizzato. Eppure da qualche parte doveva essere finito. Iniziò a tastare i muri. Erano solidissimi. Ma senz'altro c'era un passaggio segreto… Fu solo alla fine che pensò alla cascata. L'idea di bagnarsi con quel freddo non lo attirava neanche un po', ma non aveva scelta.

Si infilò sotto l'acqua chiudendo gli occhi e cercando di pensare ad altro. Rimase senza fiato: era mortalmente gelida. Tese le mani, procedendo a tastoni, ma gli mancò la presa e cadde in avanti, finendo su una superficie sdrucciolevole. Non ebbe nemmeno il tempo di rendersene conto che precipitò verso il basso, quasi fosse sullo scivolo di un parco acquatico.

Cercò di aggrapparsi alla roccia, ma era troppo scivolosa. Non riusciva a fermare la caduta sfrenata, che diventava sempre più rapida e pericolosa. Avrebbe voluto urlare, ma aveva la bocca piena d'acqua. Fu l'istinto a salvarlo. Il neo si accese sulla sua fronte, e le sue braccia divennero zampe di drago: un'esplosione di scintille riempì il tunnel nel quale stava scivolando, e dopo un paio di metri riuscì a fermarsi artigliando la roccia. Appena in tempo, perché sotto di lui c'era una specie di laghetto poco profondo, in cui si sarebbe probabilmente schiantato. Scese piano, boccheggiando, e si immerse cercando di non fare troppo rumore. Il suo sacrificio venne ripagato: Ratatoskr era là.

Era in piedi su una barca a forma di cigno. Sembrava una specie di principe, con il suo portamento altero. La barca procedeva da sola, fendendo con eleganza il pelo dell'acqua. Fabio la seguì cercando di non sollevare spruzzi e non farsi vedere.

Ratatoskr si fermò al centro del piccolo lago, quindi si chinò. Appoggiò la mano sulla superficie dell'acqua, e attese. Il palmo si illuminò di riflessi violacei, che presto si comunicarono all'acqua sotto la barca. Fabio si appiattì contro una parete di roccia.

Ratatoskr attese ancora, la mano sempre posata sull'acqua e sempre luminosa. Poi qualcosa sembrò emergere dai flutti. In tutto quel viola, andava disegnandosi una luce azzurrina. Fabio si sentì attraversare da un dolcissimo calore, e percepì un improvviso senso di benessere. Ci mise poco a capire.

Il frutto uscì dall'acqua galleggiando a mezz'aria. Era di un azzurro splendido, illuminato all'interno da riflessi di un blu cupo che vorticavano incessanti. Fabio lo riconobbe immediatamente: il frutto di Aldibah, glielo diceva il cuore. Non poteva più aspettare.

Il neo sfavillò di nuovo sulla sua fronte. Uscì dall'acqua, entrambe le mani trasformate in artigli, e subito ali di fuoco gli spuntarono sulle spalle.

Si gettò urlando contro Ratatoskr e intercettò il frutto prima che il nemico potesse prenderlo. Non appena ci mise sopra le mani, si sentì subito meglio. I postumi della spiacevole nuotata notturna scomparvero in un istante, e fu pieno di vigore. Si girò e lanciò una fiammata verso la barca su cui si trovava l'avversario. Quella prese fuoco immediatamente, e le fiamme si propagarono in parte sulla superficie dell'acqua. Ma Ratatoskr aveva già spiccato un balzo ed era in aria, avvolto da saette nere. Si scagliò con violenza su Fabio, e caddero entrambi nel lago. I due lottarono sott'acqua, avvinghiati l'uno all'altro, Ratatoskr avvolto dai suoi lampi neri. Fabio sentì un dolore lancinante attraversarlo da capo a piedi, ma il frutto, che stringeva nella mano destra, lo aiutò a sopportare e a contrattaccare. Con gli artigli infierì sul volto del nemico, là dove già era deturpato dalla cicatrice.

Ratatoskr urlò e si staccò un poco dal corpo di Fabio, ma gli strinse una mano intorno alla gola. Poi aprì gli occhi, e un ghigno perfido gli illuminò il viso.

«Io posso stare qui sotto quanto voglio» disse, parlando come se potesse respirare sott'acqua «ma tu quanto puoi resistere senza aria nei polmoni?»

Strinse la presa, e Fabio si sentì in debito d'ossigeno. I polmoni presero a bruciargli, il panico lo attanagliò, e cominciò a divincolarsi scompostamente, cercando in tutti i modi di riguadagnare la superficie, un miraggio che distava dalla sua mano, tesa verso l'alto, almeno un metro. E poi, quando pensava che sarebbe bastato solo un altro secondo là sotto e sarebbe morto, accadde l'impossibile. Ratatoskr allungò la mano libera e *toccò* il frutto. Lo sfiorò con le dita, i polpastrelli si poggiarono sulla sua superficie, il palmo vi aderì sopra. E non accadde nulla. La sua pelle non si mise a bruciare, il suo volto non fu distorto dal dolore. Niente. Ratatoskr poteva sopportare il potere del frutto.

Fabio rimase impietrito dall'orrore, ma poi fu l'istinto di sopravvivenza a salvarlo. Mosse uno dei suoi artigli e lo affondò nella mano che gli stringeva la gola. Ratatoskr lanciò un urlo e riemerse rapidissimo. Anche Fabio riguadagnò la superficie, e il primo respiro che trasse non appena fu fuori dall'acqua fu al tempo stesso dolcissimo e terribilmente doloroso. Finì di nuovo sotto, poi riemerse e respirò ancora. Ma non ebbe il tempo di riprendersi del tutto. Ratatoskr volteggiava su di lui, il frutto stretto tra le mani.

«Non te l'aspettavi, vero? Ma non andrai a raccontarlo in giro.»

Chiuse gli occhi, e il frutto brillò tra le sue dita. Una luce accecante riempì la sala, e l'acqua divenne di colpo caldissima. Fabio si sentì bruciare, e urlò con tutto il fiato che gli restava. Poi, mentre ogni cosa si dissolveva in un candore abbacinante, perse se stesso.

17
A tavola col nemico

Sofia fu scossa da un brivido.

Non seppe spiegare perché, ma fu colta da un presentimento. "Fabio" pensò con amarezza. "Non devo lasciarmi suggestionare, ma sento che è in pericolo."

Continuava a tormentarsi le mani. Era stata una notte orrenda. Quel che avevano fatto a Nida, la scoperta che Effi era una spia, e quell'ultima scena… Accanto a lei, Karl tremava avvolto in una coperta.

«Vedrai che il prof metterà tutto a posto» gli disse. «Lui ha sempre una soluzione.»

«Lei… lei non mi riconosceva» balbettò il ragazzino come parlando a se stesso. «Sembrava che mi guardasse attraverso. Stasera, come sempre, era venuta in camera a darmi la buonanotte. E mi aveva detto: "Dormi tranquillo, io veglio di là"…»

Sofia sentì una stretta al cuore. Ecco cos'era Nidhoggr. Ricordò la volta in cui aveva dovuto combattere contro Lidja, all'inizio della sua missione. Per Karl doveva essere stato infinitamente peggio. «Finirà presto, vedrai. Rimetteremo le cose a posto, non dovrai più aver paura.»

«Lei è scomparsa... lei non c'è più» mormorò Karl.

«È di là col prof» obiettò Sofia. «Effi non è perduta. Lui la salverà.»

In quel momento Effi e Schlafen uscirono dal soggiorno, dopo aver finito di esaminare quanto rimaneva del bozzolo nero.

A Sofia bastò uno sguardo per capire, e si avvicinò al prof. «Lei ha bisogno di te» disse arrossendo lievemente.

Il professore sorrise. «Stai diventando davvero grande» le sussurrò stringendosela al petto. «Sono certo che presto rivedremo anche Fabio. Scoprirò dov'è.»

Sofia sembrava disorientata. «C'è qualcosa che non riesco a spiegarmi» disse. «Se la Effi del passato è morta, dovrebbe esserlo anche la sua versione del futuro.»

«Giusta osservazione, ma non funziona così» disse il professore. «Viaggiando indietro nel tempo, abbiamo dato vita a una nuova linea temporale. La Effi del passato è un essere distinto da quella del futuro, perché nel momento esatto in cui è tornata indietro nel tempo ha concretizzato un secondo futuro possibile, e con esso un'altra se stessa, tra il numero infinito di quelle potenziali.»

«È come se si fosse creata un'altra realtà, parallela a quella da cui proveniamo» intervenne Effi. «In questa realtà, io non sono morta. Per questo sono ancora qui.» Tacque qualche istante, guardando l'orribile bozzolo nero rimasto al posto della rivale. «Sai, se non l'avesse uccisa Nidhoggr, ci avrei pensato io. Anche a costo della vita» aggiunse fredda.

«Effi, non è colpa tua» cercò di consolarla il professore.

La donna alzò su di lui un paio di occhi azzurri colmi di dolore. «E invece sì. Avrei dovuto resistere.»

«Credo sia un nuovo metodo di assoggettamento cui non è possibile opporsi. Non avevi scelta.»

«Questo è quello che pensi tu» disse lei abbassando lo sguardo.

Il professore le accarezzò i capelli per confortarla. «Ho analizzato il bozzolo nero. È una minuscola viverna, non avevo mai visto nulla del genere. Ha intossicato il tuo animo a poco a poco, e ha dato a Nidhoggr la possibilità di controllarti. È un sistema più efficace dei soliti innesti metallici che usa per rendere schiavi gli umani. È stato costretto a servirsene proprio perché hai resistito, perché sei un Custode.»

«Vuoi dire che è questo il motivo per cui vi ho aiutato

a salvare Karl, nonostante pochi giorni prima avessi contribuito a ucciderlo? Sto impazzendo, non so più chi sono... Nida mi ha distrutto, mi ha reso indegna della missione che sono stata chiamata a compiere.»

«Effi, la tua mente ha rimosso quello che hai fatto perché ha avuto conseguenze troppo gravi. Solo nel momento in cui il delitto è stato compiuto una parte di te ha realizzato davvero quello che stavi facendo al tuo protetto, e l'ha rifiutato. Una parte di te, animata dall'amore per Karl, non è mai stata completamente assoggettata, ma l'altra era asservita al disegno di Nida. Per questo la Effi del passato è stata in grado di appoggiarci, ma anche di attentare alla vita di Karl.»

«Come ti sentiresti tu a sapere di aver tradito?» insistette lei.

«Tu non hai tradito.»

«Ho visto come mi hai guardato quando Nida mi ha accusato. Tu...» deglutì, cercando il coraggio. «Tu le hai creduto. Tu hai pensato davvero che l'avessi fatto di mia volontà.»

Il professore le prese le mani e gliele strinse con forza. «Effi... ero confuso... Il mondo in cui io e te viviamo è un posto terribile, lo sai. Abbiamo imparato fin da principio a non fidarci di nessuno, la diffidenza ci è stata inculcata da sempre, e purtroppo la missione viene prima di tutto. È stato per questo che ho preso delle precauzioni. Perdonami» le sussurrò. «Ho avuto paura che fossi perduta.»

Effi lo strinse forte, affondando il volto nel suo petto. «E adesso?» disse piano.

«Ora devo scoprire dov'è la viverna dentro di te, e toglierla. Nidhoggr potrebbe riprendere il controllo sulla tua mente. Dobbiamo rimuoverla, ma ci penseremo domattina. Un'operazione del genere richiederà tutte le nostre forze, e adesso siamo stremati.»

Effi si staccò da lui. «Credi che sia possibile?»

Schlafen annuì con convinzione. «Ti salverò a ogni costo, Effi. Ho bisogno di te.»

L'indomani, approntarono tutto nella stanza da letto. Portarono di là il tavolo di legno del salotto e vi stesero sopra Effi. Indossava soltanto mutande e reggiseno, in modo da lasciare scoperta quanta più pelle possibile. Era pallida come un cadavere, e le sue mani erano scosse da un lieve tremito. Il professore le sussurrò qualcosa tenendole stretta una mano, e lei deglutì annuendo.

Per una volta, Sofia non si sentì né gelosa né irritata davanti a quella scena. Ciò che Effi aveva passato gliela aveva resa finalmente affine e degna di compassione. Adesso comprendeva il legame che si era stabilito tra lei e il professore, due anime simili, ugualmente schiacciate dal peso di una missione tremenda, che esigeva da loro sacrifici enormi. Era normale che solidarizzassero, era normale che avessero finito – sì, ora poteva ammetterlo – per volersi bene. E adesso l'unica cosa che contava era salvare Effi.

Karl era con loro intorno al tavolo, pallido anche lui, ma con uno sguardo deciso.

«Cosa vuoi che facciamo, prof?» chiese Sofia.

Il professor Schlafen mostrò loro il bozzolo nero con la minuscola viverna. «Questo è il nuovo strumento con cui Nidhoggr ha assoggettato Effi. Un elemento del tutto simile deve trovarsi anche in lei» disse indicando la donna stesa sul tavolo. «Per me individuarlo è però impossibile.»

«Ma hai detto che potevi salvarla!» insorse Karl.

«*Io* non so come cercarlo, ma voi sì. Il sangue di Nidhoggr reagisce al potere dei Draconiani. I vostri influssi benefici lo attivano, neutralizzandone l'effetto. Voglio che usiate i vostri poteri su Effi, in modo da individuare l'embrione della viverna ed eliminarlo.»

«E in pratica cosa dovremmo fare?»

«Evocare i vostri draghi esattamente come quando cercate i frutti, e imporre le mani su Effi. Io vedrò l'embrione della viverna e sarò in grado di estrarlo.»

I due ragazzi annuirono. Il professore si chinò di nuovo su Effi e le parlò in tedesco, piano.

«Sarà doloroso. Per questo ti addormenterò» disse in un sussurro, tenendole ancora la mano.

Effi annuì. «Mi fido di te, Georg. Sempre.»

Lui le appose un fugace bacio sulla fronte, poi estrasse dalla borsa un flacone che conteneva un liquido denso. Lo versò sopra una pezzuola bagnata e lo poggiò sulla bocca della donna. I due si guardarono a lungo negli occhi, con una fiducia assoluta l'uno nell'altra. Poi lei pian piano abbassò le palpebre e scivolò in un sonno profondo.

«Tocca a voi. Concentratevi» disse a quel punto il professore.

Due nei brillarono sulle fronti dei ragazzi. Un potere caldo e benefico riempì la stanza e quasi sciolse la tensione, palpabile, che si era formata. Sofia fu la prima a imporre le mani sul corpo di Effi. Poi fu la volta di Karl.

Ci volle un po', ma quando entrambi i Draconiani ebbero evocato i loro poteri, la pelle di Effi divenne diafana, rendendo possibile guardare ciò che c'era sotto. Ma al posto di vene, sangue e ossa, si vedeva un flusso di energia che scorreva attraverso le membra, un torrente ambrato che sembrava dare linfa a quel corpo.

«Noi che apparteniamo all'Albero del Mondo in parte

ne condividiamo la natura. Quel che vedete è il flusso della linfa che ci anima e ci dà vita» spiegò il professore.

I Draconiani continuarono a passare le mani sul corpo assopito di Effi. La linfa sembrava seguire il movimento lento delle loro dita. Poi il petto ebbe uno spasmo, e tutti e due percepirono una sensazione sgradevole, come un intoppo che interrompesse il flusso di energia che da ciascuno di loro fluiva verso la donna.

«Eccola» disse il professore.

Fino a quel momento, per Effi era stato tutto buio. L'anestetico aveva fatto effetto quasi subito facendole perdere coscienza molto rapidamente. Ma all'improvviso, quel nulla si accese di colori e sensazioni sgradevoli. Pian piano le forme vaghe e indistinte andarono delineandosi in qualcosa di più concreto. L'immagine di un caffè, e di una donna seduta a un tavolo davanti a una tazza di cappuccino fumante e un grosso biscotto al cioccolato. Fuori, la neve cadeva fitta. La donna era sola, mangiava piano, sbocconcellando il biscotto e fissando le pigre volute di fumo che si alzavano dalla tazza. La donna era lei, Effi.

Ricordava quel giorno. Uno dei tanti di solitudine pensosa che aveva vissuto in tutti quegli anni, fin da quando aveva avuto la consapevolezza di chi era. Sola a casa, con i genitori che non la capivano, che prima la guardavano preoccupati, poi estranei, come non riuscissero a farsi una ragione di avere una figlia *diversa*. Sola dai medici, che avevano tentato in tutti i modi di dare un nome alle sue visioni. Sola nella sua stanza, quando si era resa conto che non avrebbe mai potuto parlare con nessuno dei suoi sogni, che non avrebbe mai incontrato nessuno come lei.

Si era gettata nella missione anima e corpo, e quando aveva trovato Karl, lui era diventato la sua ragione di vita, cui aveva dedicato tutta se stessa. Aveva sempre accettato quel destino, non si era mai lamentata. E allora perché quella sera si sentiva così mortalmente stanca? Perché ancora una volta era scappata di casa, lasciando Karl da solo, e si era messa a vagare senza meta per la città innevata?

Davanti a lei, una coppia felice si scambiava effusioni a un tavolo. Per lei non ci sarebbe mai stato nulla di simile. Perché era diversa, e perché la missione le succhiava tutte le energie. Addestrare Karl, cercare il frutto, erano cose che non lasciavano spazio ad altro. E poi, come tessere rapporti autentici e profondi con qualcuno cui non poteva parlare di Nidhoggr, di Draconia, di tutto ciò che scorreva appena sotto la superficie del mondo abitato dagli altri, dai *normali*? Impossibile. Karl era l'unico che poteva capirla, e aveva bisogno di lei. Era l'orizzonte della sua vita, un orizzonte che di giorno in giorno – non riusciva a confessarlo neppure a se stessa – si faceva più angusto e opprimente. Amava occuparsi di lui, ma a volte le mancava una vita normale, senza le responsabilità che aveva adesso.

La porta si aprì, ed entrò lei. Indossava abiti strani, mascolini, eppure aveva un bellissimo viso e un portamento femminile. I capelli erano biondissimi, tagliati in un caschetto sbarazzino, e il suo volto suscitava simpatia.

«Mi hai chiamata?» chiese in un perfetto inglese.

Effi annuì. L'aveva già incontrata. Una sera nella metro, mentre vagava per la città, come sempre più spesso le capitava negli ultimi tempi. L'atmosfera opprimente della casa le diventava intollerabile, e allora, quando Karl si addormentava, usciva e camminava senza meta, finché il gelo non le ghiacciava anche i pensieri e quella malinconia non se ne andava.

Le si era avvicinata. «Io so come ti senti. Come se questo tunnel, come se questa città ti si stesse chiudendo addosso quasi fosse una tomba» aveva detto. Effi l'aveva guardata stupita. «E so che pensi che nessuno sia come te, che nessuno, neppure il ragazzino, potrà mai condividere con te il tuo fardello.»

«Chi sei?» le aveva chiesto allibita.

«Una tua simile» aveva sorriso la ragazza bionda. «La tua non è una condanna. C'è una via d'uscita, un modo per essere come tutti gli altri. Non sei tu, Effi, è il peso che ti hanno messo addosso che non riesci più a sopportare.»

Si erano viste altre volte. Quella ragazza spuntava dal nulla, e gli incontri sembravano sempre casuali. Ma quello che le diceva le scavava dentro. Lei *sapeva*. E le prometteva che avrebbe potuto farle dimenticare tutto, che avrebbe potuto renderla come gli altri. Libera.

Nida le sorrise. «Sei pronta?»

Glielo aveva detto qualche giorno prima: «Quando sarai troppo stanca, quando sarai convinta che io davvero possa darti la pace, chiamami.» E quella sera infine l'aveva fatto. Aveva scelto di fidarsi di una donna che neppure conosceva. Perché tutto ormai era diventato troppo pesante.

«Sì» rispose piano.

Il bozzolo, nerissimo, traspariva sotto il petto di Effi, e sembrava bloccare il flusso della linfa che ne attraversava il corpo, scosso da terribili singulti.

Il professore prese qualcosa dalla borsa, un oggetto che era una via di mezzo tra uno stetoscopio e un metal detector. Lo passò sullo sterno di Effi e attirò a sé il bozzolo. Poi, piano piano, lo spostò verso l'alto, verso la gola; la cosa sembrava richiedergli uno sforzo terribile. Effi continuava a scuotersi sotto di lui, ma il professore non demorse, fino a quando il bozzolo non emerse dalla bocca della donna. Allora lo afferrò con due dita e lo tirò via, gettandolo in fondo alla stanza. Il corpo di Effi smise subito di muoversi, e i Draconiani cessarono di evocare i loro poteri. Erano tutti stremati, le fronti velate di sudore.

«È salva» mormorò il professore. «È salva.»

Nessuno notò la lacrima all'angolo dell'occhio di Effi.

18
Là dove tutto è cominciato

Fu il freddo a svegliarlo. Lo pungeva da ogni lato, come se folletti armati di piccole lance si divertissero a punzecchiarlo dappertutto. Aprì gli occhi, e sopra di sé vide la volta di una grotta. Gli ci volle un po' per realizzare cos'era successo e dove si trovava.

Sentiva l'acqua sciabordare intorno alla faccia e attutire ogni rumore. Quella consapevolezza si tirò dietro tutti gli altri ricordi: il combattimento con Ratatoskr, e la scena di quest'ultimo che non solo toccava il frutto, ma lo *usava*.

Fabio si tirò su e si guardò attorno. Era ancora nella grotta, ed era rimasto incosciente per chissà quanto tempo, steso sulle rocce lambite dall'acqua. Si avvicinò alle pareti, i muscoli indolenziti dal freddo e dalla fatica della battaglia. Batteva i denti e tremava. Perlustrò gli scogli artificiali finché non trovò una breccia da cui l'acqua defluiva in un grosso buco. Era l'unica possibilità di uscire da lì. Considerò che c'era spazio a sufficienza per respirare, almeno in quel primo tratto, ma nulla gli garantiva che più avanti quel ruscello non diventasse sotterraneo e che ad attenderlo non ci fosse la morte per annegamento. In ogni caso, non aveva altra scelta e si infilò nel pertugio.

L'acqua lo trascinò con sé, rapida e tumultuosa, finché finalmente un chiarore trapelò fra le rocce. Il ruscello sbucò tra le montagne, si gettò in una piccola cascata e finì in una polla circondata da picchi innevati. Con le ultime forze, Fabio riuscì a issarsi fuori, sulla nuda roccia. Era il crepuscolo, segno che era rimasto incosciente per tutto il giorno, perdendo tempo prezioso. Il frutto nelle mani del nemico doveva essere dotato di un potere devastante per averlo messo fuori combattimento tanto a lungo. Chissà che ne era degli altri. Doveva raggiungerli al più presto e riferire loro quanto aveva scoperto. Gli restava una sola maniera per andarsene, ma bisognava aspettare che facesse buio.

Si sedette e cercò di recuperare le forze: era debole e pieno di ferite, ora lo vedeva con chiarezza.

Solo quando scese la sera si decise a evocare Eltanin. Gli costò molta fatica, ma alla fine le ali gli apparvero sulla schiena. Spiccò un balzo e fu in cielo. Adesso non gli restava che volare con tutte le sue forze verso Monaco, verso Schlafen, Sofia e gli altri.

Dopo essersi ripresi dalle fatiche del rito, nel pomeriggio erano tornati tutti nell'appartamento di Effi, dove Nida giaceva ancora sul pavimento, intrappolata nella rete e sorvegliata da Lidja.

Effi, prostrata, si era chiusa nella sua stanza, e anche Karl si era ritirato in camera sua, stremato dalle ultime emozioni. Il professore si era preparato una tazza di tè ed era in cucina a sorseggiarlo lentamente, pensando alla mossa successiva. Solo Sofia non riusciva a calmarsi. I suoi pensieri erano tutti per Fabio. Non aveva smesso di angosciarsi per lui neppure un attimo. L'idea di lui in pericolo, di lui ferito, di lui – non riusciva neppure a pensarci – morto, la faceva impazzire. Le gambe la scongiuravano di uscire e mettersi a cercarlo per la città.

Era sera quando qualcuno bussò alla porta. Sofia trasalì. Non aveva idea di chi potesse essere, e rimase immobile.

Bussarono ancora, stavolta a mano aperta, contro il legno.

Lidja e il professore si affacciarono guardinghi nel corridoio, ma fu lei ad avanzare, il neo che le brillava sulla fronte. Se era qualche nemico, sarebbe stata pronta a riceverlo.

Aprì con cautela, e lo vide. Pallido, sfinito, i vestiti mezzo stracciati. Tremava come una foglia e si appoggiava allo stipite.

«Ma sei sorda o cosa? Porto notizie!»

Sofia non lo fece neppure finire e gli si gettò al collo, stringendolo con disperazione. «Ero così preoccupata! Giurami che non lo farai più, giuramelo!»

Fabio rimase intontito per qualche secondo, poi, con delicatezza, le strinse le braccia intorno alle spalle. Era più minuta di quanto ricordasse. «Sto… sto bene…» disse, poi si sciolse dall'abbraccio e la guardò negli occhi. «È successa una cosa grave: Nidhoggr ha il frutto.»

Ascoltarono il resoconto di Fabio con attenzione, increduli. Sofia aveva ancora i brividi mentre lo sentiva parlare dello scontro a Neuschwanstein e guardava il suo volto pieno di graffi. Ma la parte più sorprendente del racconto doveva ancora venire.

«Ratatoskr ha usato il frutto contro di me» annunciò Fabio secco.

Il professore proruppe in un'esclamazione in tedesco.

«Non è possibile! Nida non poteva neppure avvicinarci le dita, me lo ricordo bene» obiettò Sofia. «Il frutto deriva dall'Albero del Mondo, e una viverna che si è allontanata dalle leggi di natura non potrà mai sfruttare quel potere.»

«Io so bene cosa ho visto» ribadì Fabio perentorio. «Ha usato il potere del frutto. È stato uno dei momenti più brutti della mia vita, lo giuro. Pensavo di morire.»

«In ogni caso, abbiamo una certezza» disse il professore. «Il potere del frutto non potrà mai esprimersi appieno nelle mani di Nidhoggr e dei suoi, e quindi non potrà mai essere usato per uccidervi.»

«Io so solo che sono svenuto, e sono rimasto incosciente tutto il giorno.»

«Ma non sei morto.»

Fabio guardò il professore con aria interrogativa.

«A meno di pervertirne la natura, cosa che non ritengo possibile, i frutti sono portatori di un potere benefico, che non è in grado di uccidere i Draconiani. Siete fatti della stessa materia, e per questo un attacco portato con il frutto, per quanto devastante, potrà ferirvi o mettervi fuori gioco, ma non è in grado di toglervi la vita. È questa la ragione per cui sei sopravvissuto.»

«Sarà anche vero, prof, ma resta il fatto che adesso i nostri nemici sanno usare i frutti e li possono toccare» commentò Sofia.

«Senza contare che ora quel tizio ha in mano il frutto

di Aldibah, e noi siamo praticamente al punto di partenza» aggiunse Fabio.

Il professore si fece pensieroso. «Ma abbiamo Nida. È lei la chiave per arrivare a Ratatoskr e al frutto.»

«Allora ha funzionato!» si illuminò Fabio.

Toccò a Sofia raccontargli quanto avevano fatto, e lui ascoltò senza inorridire, anzi, con un'intima ed evidente soddisfazione.

«Sicché avevo ragione io» disse al professor Schlafen con sguardo di sfida.

«Avrei preferito in ogni caso agire in un altro modo» replicò lui.

«È una guerra, questa, non possiamo permetterci rimorsi.»

«È una guerra che perderemo, se dimenticheremo la pietà» affermò il professore.

Fabio lo fissò stupito, ma non cedette. «La strada adesso è tracciata, e non possiamo fare altro che seguirla. Nida ci porterà da Ratatoskr. Dobbiamo interrogarla di nuovo.»

Aprirono la porta dello sgabuzzino: Nida giaceva esattamente là dove l'avevano lasciata, tra scope e stracci. Era ancora intontita, bloccata dalla rete dorata. Li guardò con disprezzo, poi soffermò lo sguardo a lungo su Effi.

«Che ti hanno fatto?» le chiese.

«Lei non ti appartiene più» disse il professore, frapponendosi tra lei e la donna.

Poi tirò fuori di nuovo il filtro dalla borsa. Nida provò a divincolarsi, tanto che Lidja e Fabio dovettero intervenire per tenerla ferma, mentre Schlafen le faceva ingurgitare la pozione.

Si accovacciò quindi davanti a lei, e prese a interrogarla con voce ferma: «Dov'è il frutto? Dove lo sta portando Ratatoskr?»

Nida scosse la testa. «Non lo so, vi ho detto che abbiamo lavorato separatamente. Si è occupato lui di tutto, del medaglione, delle visioni di Karl... io ho solo dato la fiala a Effi.»

I Draconiani si scambiarono sguardi interrogativi.

«Di che stai parlando? Quale medaglione?»

«Il nostro Signore ci ha consegnato un antico manufatto, ritrovato nel cuore del vulcano Katmai dopo millenni di ricerche. La leggenda narrava di un potentissimo talismano in grado di penetrare la mente dei Draconiani e sottrarne le visioni. Uno strumento decisivo per la lotta contro Thuban, che ci avrebbe garantito la vittoria. E finalmente l'abbiamo trovato. In una piccola nicchia nascosta all'interno del medaglione era racchiusa una fiala. Grazie alla somministrazione del suo contenuto, le visioni del Draconiano vengono rubate alla sua mente e proiettate sulla superficie del talismano, rivelando indizi sulla posizione del frutto. Sappiamo che ogni Draconiano è in contatto con il proprio drago, così ho dato a lei la fiala» e Nida indicò Effi con il mento. Sorrise. «Lei l'ha fatta bere al ragazzino per varie notti, versandogliene alcune gocce nel latte prima di andare a dormire.»

Effi strinse i pugni, impallidendo.

«Le cose sono andate anche meglio del previsto» continuò Nida con lo stesso sorriso beffardo. «Perché Aldibah ha una capacità superiore di comunicare con il proprio protetto, e un legame così profondo con il frutto da poterlo sentire ovunque si trovi. Una facoltà che gli altri draghi non possiedono. E così, ogni volta che Aldibah faceva capolino nei sogni del ragazzo, noi rubavamo quelle visioni, che apparivano sul medaglione di Ratatoskr. Sapevamo che una di queste notti il Draconiano avrebbe avuto la visione definitiva, perché mancavano pochissimi dettagli alla posizione del frutto.»

Il professore contrasse la mandibola fino a far scricchiolare i denti. «Ancora non mi hai risposto. Dov'è il frutto?»

Nida lo guardò sinceramente stupita. «Non hai capito? Non lo so dov'è. Il mio Signore ha affidato il medaglione a Ratatoskr, e solo lui ha visto l'ultimo indizio, quello risolutivo. E ora siete nei guai, oh, se siete nei guai. Perché il ragazzino è ancora vivo, ma il frutto ormai è nostro!»

«E come ha fatto Ratatoskr a toccare il frutto?» chiese Fabio.

«È sempre merito del filtro contenuto nel medaglione. Ratatoskr ne ha bevuto una goccia, e ora possiede parte dei poteri dei Draconiani, anche se toccare il frutto consuma le sue energie.»

«Quanto dura l'effetto del filtro?» domandò il professore.

«Per sempre» rispose Nida lapidaria.

«Maledizione...» imprecò Fabio.

«Hai detto che Aldibah percepisce il frutto ovunque sia, è così?»

Nida annuì con l'aria stupita di una bambina.

Il professore si alzò di scatto. «Allora Aldibah può percepirlo anche ora!» esclamò. «Karl» aggiunse, guardando con decisione il ragazzino «tocca a te.»

«Non ci riesco» concluse Karl, sudato e pallido. Aveva tentato più volte di localizzare il frutto, ma il compito gli appariva improbo: le visioni gli erano sempre apparse solo in sogno, e non riusciva a evocarle da sveglio.

«Forse non ce la stai mettendo tutta» disse Fabio.

Karl lo guardò offeso. «Ti assicuro che ci sto provando al massimo delle mie forze. E inizio a scorgere qualcosa, in effetti, ma non appena la visione si chiarisce viene subito offuscata da una nube nera.»

Il professore si rivolse allora agli altri ragazzi: «La presenza di più Draconiani dovrebbe aumentare il potere di ciascuno. Credo che questo sia un compito che Karl non può portare a termine da solo. Occorre il vostro aiuto.»

I tre si fecero attenti.

«Cosa dobbiamo fare?» chiese Lidja.

«È evidente che la pozione sta ancora bloccando le visioni di Karl. La mia idea è che voi, sfruttando le capacità telepatiche di Lidja, possiate aiutarlo a contrastarne l'effetto.»

«Professore, io non so se sono in grado di fare una cosa del genere…» obiettò lei. «Okay, i miei poteri ora sono più forti, e ho una certa dose di… non so come definirla… empatia con le persone, ma entrare nella mente di qualcuno è completamente diverso.»

«Lidja, siamo disperati. Il nemico ha il frutto, e il tempo che la clessidra ci ha concesso sta per scadere. Nella realtà da cui veniamo, Karl morirà tra qualche ora. Non abbiamo altra scelta. E io *so* che puoi farcela.»

Sofia mise la mano su quella dell'amica. «E poi non

sei sola. Ci siamo noi ad aiutarti. Vero?» disse voltandosi verso Fabio.

Il ragazzo annuì brevemente, quasi controvoglia.

Lidja sospirò e chiuse gli occhi.

Quando li riaprì, c'era una nuova decisione nel suo sguardo. «Va bene. Sono pronta.»

Si sedettero a terra con le gambe incrociate, formando un triangolo. Karl era in mezzo a loro, le mani di Sofia, Lidja e Fabio appoggiate sulle sue spalle. Avevano spento la luce per favorire la concentrazione, e a illuminare il buio c'erano solo i nei sulle loro fronti.

All'inizio non accadde niente. Nessuno di loro sapeva esattamente cosa fare, una volta stabilito il contatto con il proprio drago.

«È tutto come prima...» si lamentò Karl.

«Concentratevi» li esortò il prof «e abbiate fiducia.»

Sofia si raccolse in se stessa, cercando Thuban nelle profondità del proprio animo. Lo trovò, verde e splendente, pronto come sempre a rispondere al suo richiamo. Vide il suo volto antico e saggio, sentì che le sorrideva.

Abbandonati a me, io so come fare.

Percepì un nuovo potere fluirle dalle mani e penetrare pian piano nello spirito di Karl. Vide il corpo del ragazzo percorso dalle stesse linee di luce che aveva visto quando avevano salvato Effi dal controllo di Nidhoggr. Ma la linfa che scorreva in quelle vene segrete era opaca, avvelenata da qualcosa che ne spegneva la luce.

«Lo vedo» disse a occhi chiusi. «Vedo il veleno. Avanti, aiutatemi» aggiunse rivolta a Fabio e Lidja. «Non è difficile. Si tratta di visualizzare il flusso interno della linfa e usare i nostri poteri per contrastare il veleno.»

Titubanti, gli altri due seguirono i suoi consigli. Lidja cercò di penetrare la mente di Sofia. Sulle prime scorse solo una nebulosa indistinta, ma pian piano la visione si chiarì. Era come muoversi nel corridoio di un albergo, solo che sembrava infinito, e le porte che vi si affacciavano si moltiplicavano a ogni passo. Rasoterra aleggiava una sorta di fumo nero che rendeva tutto confuso, finché qualcosa iniziò a serpeggiare sul pavimento: una luce verde e benefica, davanti alla quale il fumo arretrava, dissolvendosi lento nell'aria.

Alla luce verde se ne aggiunse presto un'altra, dorata e più aggressiva, e il fumo si ritirò più rapido. Lidja percepì finalmente dove andare. Era come seguire un percorso segnato, come lasciarsi guidare da invisibili indizi. Avanzò lungo il corridoio, prima incerta, poi sempre più decisa, finché non giunse davanti a una porta identica alle altre. Eppure sentiva che era *quella* porta.

Mise una mano sulla maniglia, ma era bloccata.

«Insistete» disse a Sofia e Fabio «ci sono quasi.»

La luce verde e quella dorata avvolsero la porta, forzandone la serratura. Lidja spinse la maniglia, mentre Karl era sempre più stremato. Spinse, e spinse ancora, e le due luci spinsero assieme a lei. Poi, in un colpo solo, la porta scomparve, e davanti a Karl si dispiegò una visione nitida e luminosa.

Era Ratatoskr che avanzava lungo Kaufingerstrasse, una sacca di velluto che gli pendeva da un braccio. Marienplatz era qualche centinaio di metri più avanti. La visione si dissolse in miriadi di scintille, e Karl sentì la testa leggera, mentre il suo corpo si faceva incredibilmente pesante. Udì il rumore di un tonfo, e molte voci concitate. Quando aprì gli occhi, tutti erano chini su di lui.

«Stai bene?» gli chiese Sofia preoccupata.

Karl annuì e cercò di tirarsi su. «Il frutto… so dov'è» disse, ancora affannato per lo sforzo. «Ratatoskr lo sta portando a Marienplatz. Se voliamo, possiamo raggiungerlo in poco tempo.»

«Marienplatz» disse piano il professore. «Là dove tutto è cominciato… o finito, a seconda dei punti di vista. La storia si ripete.»

19
Il prezzo

La piazza era deserta, spazzata da un vento gelido. Sofia si chiese se fosse così anche la sera in cui Karl era morto. Perché, nonostante tutto quello che avevano fatto e nonostante tutto quello che era accaduto, erano in quel posto, alla stessa ora e nello stesso giorno? Come una spirale maledetta, il tempo li aveva ingannati, facendo loro credere che le cose fossero cambiate solo per condurli esattamente al punto di partenza, dove tutto era iniziato.

Persino Karl era lì con loro. Avevano provato a farlo desistere: se erano tornati indietro nel tempo e avevano rischiato tutto, era proprio per salvare lui. La cosa più ragionevole sarebbe stata lasciarlo a casa, al sicuro. Ma non c'erano state ragioni.

«Non potete chiedermi di restare qui, non dopo tutto quello che Nidhoggr ha fatto a me e a Effi. Ho un conto in sospeso con i nostri nemici, ormai è un fatto personale. E sono convinto che nessuno può sfuggire al proprio destino: devo affrontarlo in prima persona, o tornerà a prendermi, in un modo o nell'altro. E poi sono un Draconiano, uno di voi: il mio posto è in battaglia.»

E così Karl li aveva seguiti a Marienplatz. C'erano andati in volo, forzando al massimo le capacità delle loro ali. Ratatoskr non era ancora arrivato.

«Il tempo resiste al cambiamento» disse piano Lidja.

Fabio si voltò con aria interrogativa. Erano tutti lì, i Draconiani in prima linea e i Custodi nelle retrovie.

«Io credo sia per questo che siamo di nuovo qui, e proprio in questa data. Il professore ce l'ha spiegato: il tempo non vuole essere cambiato, tende a ripiegarsi su se stesso» aggiunse Lidja.

«Vuoi dire che non ce la faremo?» chiese Sofia.

«Le cose sono già cambiate» replicò Fabio. «Ora è Ratatoskr che dobbiamo affrontare in questa piazza, e non Nida. Il destino non è scritto.»

Sofia avrebbe voluto avere la sua stessa sicurezza, ma era terrorizzata.

Erano nascosti sotto le arcate del Rathaus, e infine lo videro.

Ratatoskr era sbucato da una delle vie che confluivano nella piazza, e avanzava piano, con la consueta eleganza. Indossava un loden verde, alla foggia di quelli che si portano in Baviera, e una lunga sciarpa bianca drappeggiata su una spalla. Aveva una borsa di velluto, che teneva a tracolla. La forma non lasciava dubbi sul contenuto: dentro c'era il frutto. Sofia sentì il cuore accelerare i battiti. Di fianco a lei, Fabio digrignò i denti. Era giunta l'ora della resa dei conti, lo sentiva. Stavolta niente e nessuno avrebbe potuto fermarlo.

Avevano commesso un errore imperdonabile. Lasciare Nida sola, là dentro, era stato imprudente. Ma ucciderla così, a sangue freddo, era fuori discussione. I Draconiani si comportavano diversamente, non agivano come i servi di Nidhoggr. Senza contare che, per proteggere Karl, avevano bisogno di tutte le forze disponibili.

Nida si mosse piano. La rete bruciava, certo, ma adesso che tutti se n'erano andati e che l'effetto della pozione soporifera si stava esaurendo lasciandola più vigile, poteva entrare in azione. Perché una cosa non sapevano i suoi nemici: non solo Ratatoskr aveva bevuto qualche goccia della fiala contenuta nel medaglione, ma anche lei. E questo le aveva fatto acquisire parte del potere dei Draconiani rendendole possibile liberarsi da quella dannata rete. Certo, le sarebbe occorso molto tempo, ma aveva iniziato a lavorarci quando l'avevano chiusa nello sgabuzzino, e pian piano in alcuni punti la corda cominciava a cedere, mentre la linfa si consumava bruciando piano. L'odore di resina e pulito che emanava mentre svaniva nell'aria in volute sottili la nauseava.

Aveva poco tempo, prima dell'appuntamento con Ratatoskr. Sapeva che, recuperato il frutto, avrebbero dovuto trovarsi a Marienplatz e attirare Karl in un tranello, instillandogli nella mente una visione della piazza e del frutto. Ma questo prima che i Draconiani e i loro Custodi tornassero dal futuro e mandassero tutto all'aria.

Doveva assolutamente raggiungere Ratatoskr: non era in grado di farcela da solo contro quattro Draconiani.

A una a una, le maglie della rete cedettero piano, finché anche l'ultima non si arrese. Le fiamme esplosero intorno al corpo di Nida, incenerendo ciò che restava della sua prigione. Le doleva ogni muscolo del corpo, ma aveva ancora buona parte delle sue forze. Era pronta per combattere. Sfondò una delle finestre e fu fuori, in un tripudio di schegge di vetro. Poi fu in cielo, pronta a combattere di nuovo, e di nuovo a Marienplatz. Tutto sarebbe andato esattamente come doveva, là, nel cuore di Monaco.

Ratatoskr si fermò sotto la colonna che sorreggeva la statua dorata della Madonna, quasi al centro della piazza. Si appoggiò con la schiena al basamento ed estrasse il frutto dalla borsa, soppesandolo con soddisfazione. Si guardò intorno: non c'era nessuno. Nemmeno Nida, constatò con inquietudine.

I Draconiani attesero, cercando di trattenere il più possibile i loro poteri.

«Ma se scateniamo una battaglia qui in mezzo alla piazza, sveglieremo tutta Monaco» osservò Sofia. «Arriverà la polizia, e allora come faremo a spiegare?»

«È successo anche la notte in cui hanno ucciso Karl» disse il professore «e nessuno si è svegliato. È il frutto a creare una sorta di barriera dimensionale intorno ai Draconiani e alle emanazioni di Nidhoggr, quando si dispiegano i loro poteri di draghi e viverne. È un'arma per proteggere il segreto di Draconia. Quando, in sua presenza, ci si trasforma per combattere, si è invisibili al mondo esterno.»

Sofia guardò il frutto brillare nella mano di Ratatoskr. Pensare a un oggetto così portentoso nelle grinfie di una creatura senz'anima l'atterrì.

«Ora è il vostro momento» la riscosse il professore.

Fu Fabio a dettare il tempo. «Al mio tre» sussurrò. «Uno… due… tre!»

Quattro paia d'ali si spiegarono all'unisono e si levarono in cielo.

Ratatoskr fu preso in contropiede: Lidja e Fabio si gettarono su di lui, l'una aggredendolo con gli artigli, l'altro scagliandogli contro le fiamme. Cadde a terra, sopraffatto dalla sorpresa più che dalla potenza dell'attacco. Sofia e Karl puntarono dritti contro la mano che impugnava il frutto. Fu il ragazzo ad agire per primo: lampi azzurri partirono dalle sue dita, condensandosi a metà strada in strali di ghiaccio che colpirono la mano di Ratatoskr. Sofia non perse tempo e avvolse l'arto con un fascio di viticci, cercando di strappare il frutto alla sua presa. Ma non funzionò. Il nemico riuscì a riaversi rapidamente dalla sorpresa, e il suo corpo si avvolse in una corazza di fiamme nere. Lidja e Fabio furono sbalzati lontano, mentre Sofia e Karl dovettero desistere: la stretta di Ratatoskr era ferrea.

«Una trappola... bravi...» disse lui ansimando. «Ma non mi sconfiggerete, non ora che il potere del frutto è dalla mia.»

Fabio provò a lanciargli contro le sue fiamme, e Karl fece altrettanto con il suo ghiaccio. Troppo tardi. Tutto si infranse contro la barriera nerastra che continuava a proteggere il corpo di Ratatoskr. Il frutto, tra le sue mani, brillava di riflessi neri. Sofia ebbe un presentimento.

Dal frutto partì una bolla scura, che in breve esplose riempiendo tutta la piazza. I Draconiani ne furono investiti in pieno. Un dolore lancinante li attraversò da capo a piedi: erano le consuete fiamme nere che le emanazioni di Nidhoggr usavano in battaglia, ma immensamente più potenti e letali. E partivano dal frutto. A meno di pervertirne la natura, il potere del frutto non avrebbe mai potuto esprimersi appieno nelle mani di Nidhoggr e dei suoi, aveva detto il professore.

Ma forse l'inimmaginabile era accaduto, forse lo stesso potere dell'Albero del Mondo si era rivoltato contro di loro, forse *davvero* Ratatoskr aveva trovato il modo di volgerlo a proprio favore. Questo pensò Sofia con sgomento mentre cadeva all'indietro, quasi incosciente. Sentì l'urto della testa contro i freddi lastroni della piazza, e si ritrovò supina, sotto un cielo privo di stelle.

Ratatoskr rise forte, ma c'era stanchezza nella sua voce quando parlò: «Nulla è impossibile per il mio Signore! E adesso che le vostre stesse armi vi si rivoltano contro, non potrete fare altro che soccombere.»

Le sue mani si rivelavano ormai nella loro vera natura: sotto la pelle lacerata, mostravano squame di rettile. Lui stesso appariva pallido, provato, eppure ancora indomito. Un raggio scuro partì dal frutto, investendo

Fabio e Lidja e scagliandoli lontano, contro la facciata del Rathaus.

«No!» urlò Sofia.

Ratatoskr si girò verso di lei, le mani che ora grondavano sangue nero. Lei fece appena in tempo ad afferrare Karl e a toglierlo dalla traiettoria del colpo. Rotolarono entrambi, e non erano ancora riusciti ad alzarsi da terra che un nuovo colpo li mancò per un soffio. Saltarono in piedi e corsero in un angolo più riparato, sotto il porticato davanti ai negozi, e si appiattirono dietro una colonna.

«Dobbiamo togliergli il frutto» disse Sofia ansimando. «Uno di noi due deve distrarlo.»

Karl annuì. «Ci penso io.»

Sofia lo prese per le spalle e lo guardò intensamente negli occhi. «Stai attento, e non esporti troppo. Abbiamo passato tutto questo solo per salvare te.»

«Il futuro è già cambiato, non mi succederà niente» replicò lui con un sorriso.

Poi sporse cauto la testa, e un raggio nero quasi lo colpì.

«Venite fuori, codardi! Siete quattro contro uno, e ugualmente non siete capaci di battermi. È tempo di concludere la partita!»

Karl prese fiato. «Ora!» gridò, e dalle sue dita partirono di nuovo lampi azzurri, che disegnarono arabeschi di ghiaccio su tutta la piazza. Alcuni andarono a segno: troppo imprecisi per infliggere grossi danni, ma sufficienti a distrarre il nemico.

Sofia si lanciò in avanti, dritta verso Ratatoskr, mentre Karl continuava a colpirlo senza sosta. Le sue mani ora erano completamente azzurre e squamose, con unghioni affilati: le zampe di Aldibah. Sofia poteva sentire le urla con cui accompagnava ogni colpo. L'attacco si arrestò un istante soltanto, quando lei fu vicina al nemico. Evocò i propri artigli, afferrò con tutte le forze il frutto e lo tirò a sé. Alla fine il globo si staccò dalla mano di Ratatoskr, portandosi dietro un paio di dita ghiacciate. Sofia ruzzolò a terra, e prima ancora che potesse tirarsi su, Ratatoskr si era già ripreso.

«Maledetta!» tuonò.

Era pallido come un cencio, sudato, si vedeva che soffriva. Ma non era sconfitto: con un raggio di fiamme nere colpì Sofia, strappandole di mano il frutto faticosamente recuperato. Ora non mostrava più alcun riflesso nero, ma era tornato del suo splendido azzurro originale. Rotolò per tutta la piazza, e Sofia lo seguì con sguardo disperato. Non era stata colpita in modo grave, ma lo stesso non sarebbe riuscita a raggiungerlo prima del suo avversario. Fu proprio quando temeva che ormai tutto fosse perduto, che lo vide. Karl, le ali blu spalancate sulla schiena, sfrecciava a volo radente verso di loro. Non aveva più nulla del ragazzino impacciato che aveva imparato a conoscere: nei suoi occhi c'era una sicurezza da guerriero consumato, e il suo volo era elegante, preciso. Raccolse il frutto e lo strinse al petto, poi si volse rapido.

Era fatta. Il frutto era nelle loro mani. Ora bisognava solo tenere Ratatoskr impegnato finché Karl non avesse portato il globo al sicuro, e tutto sarebbe tornato a posto. C'erano riusciti, infine: avevano cambiato il futuro.

Fu come in un incubo che Sofia la vide: una figura minuta, animata però da una forza incontenibile, che volava verso di loro con la velocità di un uccello in picchiata. Nida.

«Karl! Attento!» urlò Sofia, ma era già troppo tardi. Il colpo era partito, e il ragazzo non avrebbe mai fatto in tempo a scostarsi.

Sofia strinse gli occhi. Era finita. La Padrona dei Tempi era davvero un oggetto terribile, e il tempo una fiera impossibile da domare. Dopo tutta la fatica e il dolore sopportati, finiva tutto come la prima volta. Solo che adesso non c'era possibilità di ritorno. Adesso avrebbero perso per sempre.

Ma proprio in quell'istante udì un urlo soffocato. Non sembrava la voce di Karl. Era quella di una donna. Sofia aprì gli occhi e vide: tra Nida e Karl era comparsa Effi. Il suo corpo si piegò piano sotto le fiamme nere di Nida, come al rallentatore. Si accasciò a terra senza più un lamento. Il tempo sembrò congelarsi. Poco distante, una voce urlava fuori di sé, una voce che Sofia conosceva bene. Il professore.

«Effi, no!»

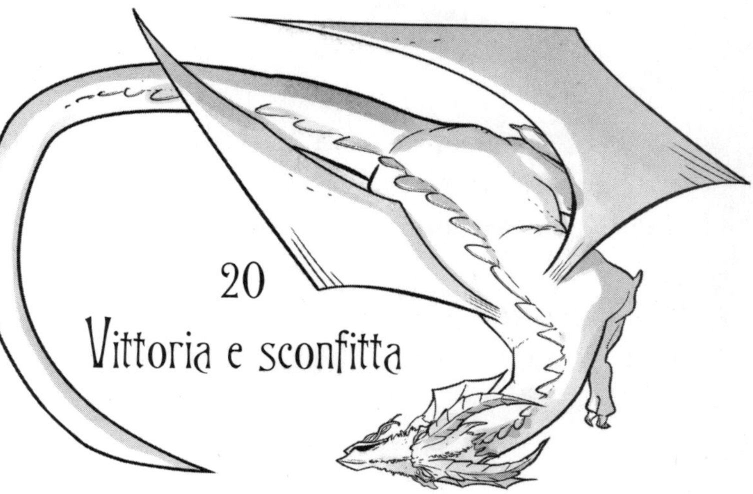

20
Vittoria e sconfitta

Il professore corse verso il corpo di Effi e lo raccolse da terra, continuando disperato a gridare il suo nome. Karl, le ali immobili nell'aria gelida, sembrava pietrificato. Sul volto di Nida si era disegnato un ghigno spietato.

«Adesso tocca a te» ringhiò.

Stavolta Karl non l'avrebbe scampata: sembrava disinteressato alla battaglia, e non poteva fare altro che guardare Effi e il professore, immobile. Fu Lidja a spingerlo fuori dalla traiettoria del lampo di Nida e a salvargli la vita. Sulla sua schiena erano di nuovo spuntate le ali di Rastaban.

«Scappa!» gli urlò.

Karl la guardò imbambolato, il frutto convulsamente stretto al petto.

«Ti ho detto di scappare, o sarà stato tutto inutile!»

Sofia si sollevò con uno scatto e corse a dare man forte a Lidja, scagliandosi su Nida con i suoi artigli. Le due si scontrarono a mezz'aria, confrontandosi in un serrato corpo a corpo.

Ma Lidja non riusciva a provocare alcuna reazione in Karl. Lo scrollò con violenza: «Te ne devi andare, hai capito? Devi portare in salvo il frutto! Ci occuperemo noi di Effi, non possiamo permettere che ti accada qualcosa: se muori, l'Albero del Mondo morirà con te.»

Solo allora il ragazzino sembrò prendere coscienza di quanto stava accadendo, e della terribile verità delle parole di Lidja.

Le ali azzurre gli esplosero sulla schiena, e fu in cielo.

Nida gli scagliò addosso un altro colpo, ma Lidja lo intercettò al volo. «Prima devi vedertela con noi» sibilò. Le ali di Rastaban sbatterono sulla sua schiena, e iniziò la lotta.

Ratatoskr provò a reagire. Le mani ferite dovevano fargli un male tremendo, perché le teneva strette contro il petto, il volto contratto dal dolore. Tuttavia la paura del castigo che Nidhoggr gli avrebbe inflitto se si fosse lasciato sfuggire il frutto era più forte di qualsiasi sofferenza. Fece per mettersi sulle tracce del ragazzino, ma si trovò davanti Fabio, un ghigno feroce sul volto.

«Non così in fretta...» esclamò rabbioso.

«Non puoi battermi, e lo sai» ansimò Ratatoskr.

Fabio non smise di ghignare. «Un tempo, forse, ma non ora. Sono migliorato, sai? E tu invece ti sei indebolito. Finché avevi il frutto potevi anche farcela. Ti dava forza, vero? Ma al contempo consumava le tue energie.»

Ratatoskr digrignò i denti, poi urlò. Il suo corpo si trasfigurò, mostrandosi nel suo vero aspetto. L'elegante ragazzo dai modi affettati scomparve, e al suo posto comparve una creatura mostruosa. Le sue membra si allungarono fino a distendersi nelle spire sinuose e serpentine di una viverna. La pelle, squamosa, era di un viola scurissimo che sul ventre virava in un nero tenebroso. Le braccia erano attaccate direttamente a enormi ali membranose, tese tra dita lunghissime dotate di artigli affilati. Alcuni erano spezzati, ma quelli integri davano l'impressione di essere letali come rasoi. Le zampe posteriori erano armate di lame altrettanto taglienti, e la lunga coda terminava in due spuntoni acuminati. Il volto era quello di un serpente, infiammato da un ghigno demoniaco che lasciava scoperte due file di candide zanne. Il viso era ancora attraversato da una cicatrice biancastra, e gli occhi gialli da rettile brillavano di un odio sconfinato.

Fabio tremò. I ricordi di Eltanin gli dicevano che quella non era davvero una viverna, che le creature contro cui aveva combattuto nei tempi andati erano molto più grandi, ma la malvagità e il potere che trasudava erano inequivocabilmente quelli di Nidhoggr. C'era il nemico in quel corpo, e questo rendeva Ratatoskr ancora più temibile di qualsiasi viverna.

Il ragazzo indietreggiò d'istinto, poi strinse i pugni e si fece coraggio.

Hai patito molto per arrivare fino a questo punto, gli sussurrò Eltanin. *Non puoi ritirarti. E non dimenticare che, in passato, hai già battuto creature del genere.*

Ratatoskr ruggiva al cielo come se volesse squarciarlo. «Credevi che avessi giocato tutte le mie carte? Illuso! Mi hai provocato, e adesso te ne pentirai!»

La viverna si gettò su di lui, e i due rotolarono a terra, avvinti in un corpo a corpo mortale.

Nida si lanciò all'inseguimento di Karl, ma Sofia le scagliò addosso un viticcio e le avvinse strettamente una caviglia, bloccandola a mezz'aria.

Lidja si concentrò, il neo che le bruciava sulla fronte, e percepì il flusso di energia che alimentava i lampi neri. L'esperimento che aveva condotto su Karl l'aveva resa più consapevole del proprio potere, e ora riusciva a usarlo quasi con disinvoltura: con la telecinesi staccò un grosso lampione e lo scaraventò contro Nida, facendo cessare la raffica di lampi.

Sofia sentiva un nuovo vigore attraversarle le membra. Quella sera era *davvero* tutt'uno con Thuban: era suo il sangue che le scorreva nelle vene, e il potere del drago fluiva in lei così puro e limpido che se ne sentiva traboccare. Quando si guardò il corpo, vide che era avvolto da una specie di corazza. La sua pelle sembrava coperta di squame, le gambe trasformate in zampe di drago, e dietro la schiena si spiegava una lunga, diafana coda. Stava acquisendo il corpo di Thuban, sebbene attraverso le sue membra trasparenti potesse ancora vedere il proprio fisico morbido di ragazzina. Ma non fece in tempo a rallegrarsi di quel nuovo stadio del suo potere, perché pian piano anche il corpo di Nida iniziò a mutare. Gambe e braccia si allungarono innaturalmente, la pelle si ricoprì di squame e la testa divenne quella di una viverna.

«Si sta trasformando!» gridò Lidja.

«Dobbiamo fare in fretta» disse Sofia con determinazione e moltiplicò i viticci attorno al corpo della nemica, ma sembravano non bastare mai. Esplodevano al semplice contatto con la pelle di Nida, e man mano che il suo aspetto mutava, anche la sua forza sembrava aumentare in proporzione. Sofia ricoprì i viticci di una linfa verdastra, la stessa che aveva usato durante l'ultimo scontro, a Benevento: quella roba era in grado di vanificare l'effetto dei lampi neri, e in più doveva anche essere tossica per Nida, perché al contatto la sua pelle fumava. Eppure nemmeno quell'arma era sufficiente a sfiancarla.

Poi, d'improvviso, accadde qualcosa. Un urlo lacerò il silenzio della notte, e Nida parve come pietrificarsi. La sua trasformazione regredì rapidamente, il suo corpo tornò quello di una ragazza e scivolò attraverso i viticci fino a terra, dove cadde in ginocchio. Si portò le mani alla testa, come se un dolore improvviso gliela avesse attraversata.

«Che cosa...» esclamò Lidja confusa, e si girò. Fu allora che lei e Sofia videro la scena.

Fabio evocò al massimo i propri poteri e si gettò in avanti a testa bassa. Ratatoskr adesso era alto oltre due metri, e le sue ali si aprivano per almeno tre. Appariva enorme e terribile, nel mezzo della piazza, ma Fabio si sforzò di ignorare il terrore istintivo che quella visione gli provocava. Snudò gli artigli, avvolse il proprio corpo di fiamme e afferrò Ratatoskr per i fianchi. Rotolarono a terra, illuminando la notte di bagliori neri e rossastri.

Entrambi si colpivano con accanimento, in un groviglio

di ali e artigli. Il corpo di Fabio pian piano si copriva di tagli rossi, e quello di Ratatoskr di slabbrature nere da cui gocciolava fuori il suo sangue viscido.

Il nemico sembrava aver trovato nuovo vigore rispetto all'ultima volta che si erano scontrati. I lampi neri bruciavano la carne come fiamma viva. Fabio sentiva dolore ovunque, e soprattutto si sentiva sopraffatto. La forza dell'avversario era soverchiante. Capiva ora che stava combattendo contro una creatura millenaria che traeva forza dal seme di ogni male, dalla viverna che era stata capace di divorare le radici dell'Albero del Mondo fino a farlo seccare. Cosa poteva lui contro un tale potere e un tale odio? La presa ferrea di Ratatoskr lo inchiodava al suolo, e a nulla servivano i suoi sforzi per liberarsi. Sentiva le ossa delle braccia gemere mentre tentava di respingere gli artigli di quell'essere, la cassa toracica scricchiolare sotto il peso di quel corpo immenso. Cercò di resistere, ma Ratatoskr diminuiva sempre più la distanza che lo separava da lui, finché la sua bocca non si spalancò a poca distanza dal suo viso. La chiostra di zanne scattò in avanti e affondò nella carne della sua spalla. Fabio urlò disperato contro il cielo. Non aveva mai provato un dolore simile in vita sua.

"Sono finito" pensò. "Non ho più scampo!"

Ma fu proprio mentre toccava il fondo che trovò la

forza di reagire, come se qualcosa si illuminasse in lui, all'interno del suo petto, un potere nuovo e sconosciuto che gli dava vigore, e lo spingeva a combattere ancora.

Non può finire così, non di nuovo. Anche allora ci uccisero, anche allora qualcuno affondò i denti nella nostra carne. Ma stavolta sarà diverso, deve *essere diverso. Puoi farcela, insieme possiamo farcela. È stremato, e lo sai. È il suo ultimo attacco, ha esaurito tutte le forze in questa metamorfosi. È ora di colpirlo.*

Questo gli sussurrò una voce che conosceva, dalle profondità del suo essere. Fabio spalancò gli occhi, e in un istante seppe di non essere più lui. Sentì il proprio corpo diverso, *mutato.* Non più il suo volto di ragazzo, non più le sue membra magre. Ora *era* Eltanin, in carne e ossa.

Ruggì verso il cielo e si scrollò di dosso Ratatoskr, scagliandolo lontano, contro la colonna al centro della piazza. Poi gli si lanciò contro, e fu lui ad azzannarlo. A cavalcioni del nemico, affondò i denti nella sua carne, assaporò il gusto ripugnante del suo sangue, tagliò e lacerò con gli artigli. Si sentì di nuovo come ai tempi andati, in quell'ultima, gloriosa battaglia in cui aveva dato la vita per proteggere il frutto, combattendo da solo contro le viverne. Anzi, era anche meglio di allora, si sentiva colmo di un vigore nuovo, e tutto aveva un sapore più intenso, quello della vendetta. Perché quello era il suo modo di combattere, perché in lui non c'era solo la luce benefica dell'Albero del Mondo, ma anche qualcosa di sottilmente oscuro, qualcosa che doveva sempre tenere represso e sotto controllo, ma che a volte esplodeva violento e selvaggio.

Quando infine risollevò la testa, Ratatoskr non era più una viverna. Il suo potere si era del tutto consumato, e lui era tornato all'aspetto umano. C'era sangue, tantissimo sangue nero. Fabio si fermò. Anche i suoi artigli erano tornati semplici mani, e il suo corpo era quello di un normale quindicenne. Ansimante, rimase un istante a cavalcioni del nemico, ormai sconfitto. Il suo sguardo incrociò quello di Ratatoskr, ancora abitato da un odio inestinguibile. Perché Nidhoggr era un male che nulla poteva spegnere, perché odiare era la sua natura. E quello sguardo gli diceva che non importava quanto male gli avesse fatto. Si sarebbe ripreso a ogni costo, e l'avrebbe cercato ovunque per fargliela pagare. Fabio evocò la fiamma nella propria mano, consumando l'ultimo residuo di energia che quel combattimento furioso gli aveva lasciato. Aspettò che brillasse maestosa, vi convogliò tutto il proprio potere, e infine l'appoggiò sul petto di Ratatoskr, che levò un grido straziante verso il cielo.

La fiamma divorò rapida il corpo di Ratatoskr. Quando il bagliore si spense, a terra c'era solo cenere, e Fabio era immobile, come impietrito.

«No!» urlò Nida, le mani convulsamente strette intorno alle tempie, la testa rivolta al cielo. «No!!!»

Videro Fabio accasciarsi al suolo. Sofia accorse subito da lui.

Nida alzò su Lidja uno sguardo colmo di astio e dolore. Sembrava provata da un'atroce sofferenza che le aveva sottratto ogni potere. «Avete vinto una battaglia» disse «ma non importa quante perdite dovremo subire: la vittoria infine sarà nostra.» Dopodiché spiccò un balzo e volò via.

Lidja rimase ferma a mezz'aria, senza riuscire a capire. Poi raggiunse Sofia. «Ma che è successo?»

La ragazzina teneva tra le mani la testa di Fabio. Aveva una spalla ferita da una specie di morso, ed era pallido. Sotto di lui, ceneri. Sofia le indicò con mano tremante. «L'ha ucciso» boccheggiò. «Ha ucciso Ratatoskr.»

Lidja non credeva ai propri occhi. Fino a quel momento nessuno di loro aveva mai compiuto un gesto del genere. Forse nessuno ci aveva mai neppure pensato: uccidere un nemico. Ma quella era una guerra, una guerra millenaria nella quale si moriva e si uccideva. E Fabio l'aveva fatto. Aveva ucciso Ratatoskr.

«Dobbiamo portarlo dal prof» disse Sofia, scossa. «È ferito, lo deve curare.»

Fabio aprì appena gli occhi.

«Ce la fai a camminare?» gli chiese Lidja. Lui annuì. Sofia lo tirò su, e insieme zoppicarono fino all'angolo della piazza, dove li aspettavano Effi e il professore.

«È morto?» chiese Fabio con un filo di voce.

Sofia si irrigidì. «Sì» mormorò. «L'hai ucciso.»

Si era aspettata un'espressione di trionfo. Invece Fabio tacque. Il silenzio li avvolse entrambi, sopraffatti dall'enormità di quello che era accaduto.

Trovarono il professore nella stessa posizione in cui lo avevano lasciato. Effi, pallidissima, giaceva tra le sue braccia.

«Prof...» disse piano Sofia. Lui non rispose.

Dovette chiamarlo più volte prima di riuscire a fargli alzare lo sguardo. Quel che vide la lasciò senza fiato. Il professore piangeva. Non il pianto cui era abituata in orfanotrofio, quello dei bambini, semplice e innocente. Era un pianto silenzioso, straziante, che gli trasfigurava tutto il volto. Al posto dell'uomo forte e allegro che aveva imparato a conoscere, c'era un essere debole e distrutto.

«È morta» disse soltanto.

Sofia si portò una mano alla bocca. L'aveva quasi

considerata una nemica per tutta la durata di quell'avventura, l'aveva invidiata per il suo rapporto con il professore, l'aveva ritenuta un'intrusa. E adesso non c'era più. Adesso non avrebbe mai potuto scusarsi con lei, né diventarle amica. Solo ora si rendeva conto di quanto fosse necessaria al prof, di quali legami si fossero instaurati tra i due nei pochi giorni che avevano condiviso. Sentì gli occhi bruciarle e un dolore sordo riempirle il petto. Rimasero immobili, nella piazza deserta e gelata. Il professore prese a singhiozzare piano.

Fu quello il loro addio a Effi, inizio e fine dell'assurda avventura di quei giorni.

Epilogo

Sofia spalancò gli occhi. C'era un sacco di luce, così tanta che si portò un braccio sul volto per non restare accecata.

Non capiva.

Un attimo prima erano a Marienplatz, in piena notte, e il professore era chino sul corpo senza vita di Effi. Poi, all'improvviso, una grande luce.

Scostò lentamente il braccio, strinse gli occhi nella calda luminosità che la investiva e cercò di capire dove fosse. I contorni di una stanza bianca si disegnarono a poco a poco, emergendo dal chiarore di una mattinata di sole. La sua camera a Castel Gandolfo. Ne riconosceva persino l'odore.

Eppure essere tornata a casa non le trasmise un senso di sollievo e di gioia, come si era immaginata. Piuttosto sentiva una malinconia profonda stringerle la bocca dello stomaco.

Si alzò e andò alla finestra. Aprì le imposte, e un'aria profumata riempì la stanza.

Era strano passare dal freddo di Monaco al dolce tepore di Roma. Sembrava che la primavera avesse spazzato via l'inverno in un istante. Il lago splendeva sotto un cielo azzurro scintillante, e Sofia pensò alla neve di Monaco, al vento tagliente che soffiava su Marienplatz quella sera. Pensò a Fabio, a Karl. A Effi.

Aprì la porta. Lidja era già davanti alla sua camera, in pigiama. La guardava spaesata.

«È tutto finito?» chiese confusa.

Sofia non rispose. Scesero assieme le scale, attorno al grande albero che spuntava al centro della casa. Al piano di sotto c'era il professore ad attenderle. Aveva ancora gli occhi lucidi, e ai suoi piedi c'era il frutto. Brillante del suo azzurro venato di blu, cangiante, parlava di vittoria. Ma nessuno sentiva di aver vinto davvero. Certo, avevano salvato Karl e avevano recuperato il frutto, ma il prezzo da pagare era stato alto: Effi era morta, e Fabio aveva ucciso uno dei loro nemici.

«Professore, ce l'abbiamo fatta?» chiese Lidja.

Il professor Schlafen non rispose. I pugni contratti, la testa china, era fermo davanti all'albero.

Si riscosse solo dopo qualche istante. «Sì, credo di sì.»

«Ma... cos'è successo?» volle sapere Sofia. «Perché ci siamo risvegliati qui, come se nulla fosse accaduto? Mancavano ancora quattro giorni alla scadenza del nostro viaggio nel passato.»

«Il tempo che la clessidra ci ha concesso si è esaurito con il compimento della missione» spiegò il professore. «La Padrona dei Tempi è stata costruita con elementi dell'Albero del Mondo: non è una comune macchina del tempo, come quelle di cui avete letto sui libri. Ogni oggetto nato dalla sua resina o dalla sua corteccia non può che essere in profonda sintonia con la natura. E anche il tempo partecipa di questo armonioso disegno. Nel momento in cui il Draconiano è stato salvato, il tempo ci ha reclamato a sé. Violare il suo flusso naturale oltre il necessario potrebbe avere effetti devastanti per l'equilibrio del mondo. Per questo la clessidra ci ha riportati nel futuro, o meglio, nel secondo futuro possibile che abbiamo generato.»

Poi si chinò e raccolse il frutto.

«È il caso di metterlo al sicuro» aggiunse con un sorriso tirato, e si avviò mesto verso il *dungeon*. Lidja e Sofia rimasero immobili sull'ultimo gradino della scala.

«Ma se tutto è andato per il meglio, perché mi sento così... sconfitta?» disse Lidja.

Sofia non avrebbe saputo descrivere meglio quel che provava.

Karl era a Monaco. Il professore lo rintracciò con una semplice telefonata. Parlarono a lungo, e quando ebbero finito spiegò che presto il Draconiano si sarebbe unito a loro. «Il tempo di sbrigare le pratiche, e verrà a stare con noi.»

Di Fabio, invece, nessuna traccia. Probabilmente anche lui, come Karl, li aveva visti svanire all'improvviso da quella piazza, il posto da cui tutto era partito. Sofia pensò a lungo a dove potesse essere e a cosa stesse facendo.

Quello che era successo aveva scavato un ulteriore solco tra loro e Fabio, ma in qualche modo percepiva anche che adesso lui era uno di loro a tutti gli effetti. Stavolta sentiva che sarebbe tornato, non appena avesse fatto i conti con quanto era accaduto. Perché, certo, aveva inseguito la vendetta per parecchio tempo, ma una cosa era desiderarla, e un'altra portarla a termine davvero, e lo sguardo che gli aveva visto a Marienplatz rivelava quanto poca soddisfazione avesse tratto dalla sua personale vittoria.

«La Padrona dei Tempi è un manufatto troppo pericoloso, nessuno dovrà più usarlo in futuro» spiegò il professore. «In questo momento è ancora a Monaco, nell'appartamento di Effi. Quando andrò a prendere Karl, la distruggerò.»

«Sarà anche un manufatto terribile, ma alla fine ci ha aiutato a salvarci, no? Karl è vivo e sta bene, e la nostra battaglia prosegue» osservò Lidja.

Il professore sorrise con tristezza. «Effi ha pagato per tutti. Non ha salvato solo Karl e la missione, ma anche ognuno di noi. Questo è il nostro destino: dedicarci anima e corpo a questa lotta, dedicarle tutti noi stessi, finché non ci consumerà.»

Infilò la mano in tasca e ne trasse fuori una busta bianca. Con una calligrafia minuta e ordinata, c'era scritto: *A Georg e ai miei compagni di avventura di questi giorni.*

«Me la sono ritrovata in tasca. Effi ce l'ha probabilmente messa ieri, prima che gli eventi precipitassero» sospirò. «C'è una ragione per quello che è accaduto, una ragione che Effi conosceva sin troppo bene.»

L'aprì piano, come fosse una reliquia cui tributare la massima reverenza. Cominciò a leggere a mezza voce, traducendo dal tedesco.

E Sofia non avrebbe mai dimenticato le parole che sentì quel giorno.

Caro Georg, cari Lidja, Sofia e Fabio, carissimo Karl, quando leggerete questa lettera, sarà già successo quel che deve succedere. Forse voi non capirete, quindi una spiegazione ve la devo. A Karl, soprattutto.

Georg ha detto che quanto ho fatto non è stata colpa mia. Ha detto che ero assoggettata, e non potevo farci niente. Ma io so che non è vero. Quando lui mi ha curato, ho ricordato il momento in cui ho tradito. Ho ricordato di aver incontrato Nida, e ho ricordato che mi aveva fatto una proposta: essere una persona normale, rinunciare ai miei poteri e dimenticare tutto, Draconia, la missione, persino Karl. E io quella sera dissi di sì. Perché ero stanca, sfiduciata, perché ero sola. Era una trappola, e adesso lo so io e lo sapete voi. Ma in quel momento volevo solo liberarmi da un peso che mi stava uccidendo, volevo solo vivere come tutti gli altri.

Questa è stata la mia colpa, ed è stata imperdonabile. Perché ha messo in pericolo la vita di Karl e quella di tutti voi. Per questo non sono innocente, e merito di pagare lo scotto di quest'avventura in cui ci siamo infilati.

La Padrona dei Tempi esige un prezzo. È un oggetto davvero pericoloso, per tante ragioni. L'ho scoperto da poco: richiede un pegno per modificare il corso degli eventi. Se vuoi cambiare qualcosa del passato, devi pagare alla clessidra un prezzo equivalente al cambiamento che vuoi fare. Se vuoi salvare una vita, devi offrirne un'altra. Significa che prima che tutto torni a posto, qualcuno di noi dovrà morire al posto di Karl. Io credo di essere la persona più indicata.

Ho visto morire Karl. L'ho visto scomparire dalla mia vita, ed è stato tremendo. E ora so che è stata tutta colpa mia. Per questo è giusto che io muoia. I Draconiani sono indispensabili alla missione, e tu, Georg, sei un'altra persona che non posso permettermi di perdere. Resto dunque solo io, la traditrice.

Spero che capirete. Georg lo farà, lo so. Per te, Karl, forse sarà più difficile. Più ancora perché saprai che una volta ti ho ingannato, che ho finito per consegnarmi al nemico solo per poter essere libera. Ce lo siamo confessato molte volte, ricordi? Che ci sarebbe piaciuto essere come gli altri. E io ti dicevo che dovevamo accettare il nostro destino, che un giorno sarebbe finita, che non ci dovevamo arrendere. Scusami per non aver avuto la forza di tenere fede a quello che ti avevo promesso. Sappi che ti voglio un mondo di bene, che questo bene lo porterò con me anche quando accadrà ciò che deve accadere, e che il mio affetto sarà con te per sempre. So che arriverai fino in fondo, perché sei forte, e perché adesso hai anche dei validi compagni. La tua mamma non ti lascerà mai davvero solo.

Per quel che riguarda tutti voi, sono contenta di avervi conosciuto. Se foste arrivati prima, nella mia vita, forse tutto questo non sarebbe mai successo, e la Padrona dei Tempi sarebbe ancora là al Deutsches Museum. Ma purtroppo questa è una cosa del passato che non possiamo cambiare. In ogni caso, sono stati belli questi giorni insieme.

Addio, e non arrendetevi mai.

Effi

INDICE

	Prologo	5
1	La Gemma si spegne	13
2	Monaco	25
3	La situazione precipita	38
4	La Padrona dei Tempi	52
5	Notte al museo	62
6	Effi incontra Effi	76
7	Le pedine si muovono	90
8	Alle costole di Karl	103
9	Nida a Monaco	114
10	Nel parco di notte	120
11	Il corso degli eventi	133
12	Futuro incerto	145
13	La casa della strega	158
14	La storia si ripete	171
15	Tradimento	185
16	La rocca solitaria	193
17	A tavola col nemico	205
18	Là dove tutto è cominciato	217
19	Il prezzo	230
20	Vittoria e sconfitta	241
	Epilogo	253